LETTRES SCANDINAVES
série dirigée par Marc de Gouvenain

JAMAIS AVANT LE COUCHER DU SOLEIL

Ouvrage traduit avec le concours
du Centre d'information sur la littérature finlandaise (FILI)

Roman récompensé par le prix Finlandia en 2000

Titre original :
Ennen päivänlaskua ei voi
Editeur original :
Tammi, Helsinki

ISBN 2-7427-4247-6

JOHANNA SINISALO

Jamais avant le coucher du soleil

roman traduit du finnois
par Anne Colin du Terrail

ACTES SUD
HUBERT NYSSEN EDITEUR

A Hannu, Markku, Petri et Toni,
qui y étaient.

LE TROLL ET LA FILLE DU SOLEIL

Aux derniers feux du couchant,
dans le soir une fille du soleil
un ultime instant s'attarda.
Déjà l'ombre gagnait les bois
et, ouvrant ses ailes d'or,
elle s'apprêtait à fuir l'obscurité,
quand du profond de la forêt
surgit un petit troll
qui sortait de sa grotte clignant des yeux.
Or aucun troll jamais avant
le coucher du soleil
sur terre ne doit s'aventurer.

Quand sur la fille du soleil
le regard du troll se posa,
il sentit son cœur s'embraser.
Ton vif éclat m'éblouit,
mais jusqu'ici, dit-il, je n'avais
jamais rien vu d'aussi merveilleux !
Et tant pis si je reste aveuglé
par tant de beauté,
c'est dans le noir que le mieux je me plais.
Viens avec moi dans ma douillette
grotte au fond des bois,
et tu seras ma bien-aimée !

Hélas, soupira la belle,
demeurer dans l'obscurité

me conduirait vite à la mort.
Petit troll de mon cœur,
à tire-d'aile je dois voler
vers la lumière et retourner chez mon père.
Ainsi s'en est allée la plus belle
des filles du soleil
et, depuis, quand le soir le troll s'éveille,
il se demande pourquoi les uns
sont héritiers du jour,
quand d'autres sont fils de la nuit.

I

DÉJÀ L'OMBRE GAGNAIT LES BOIS

ANGE

Je commence à m'inquiéter. Le visage de Martes, au quatrième verre de bière, flotte dans une légère brume. Sa main est posée sur la table, près de la mienne, et je vois ses poils bruns, ses solides jointures viriles et ses veines légèrement saillantes. J'amorce un léger mouvement de doigt dans sa direction mais, comme si nous étions reliés l'un à l'autre par un élastique passant sous la table, elle se rétracte en un éclair. Telle une écrevisse dans son trou.

Je le regarde dans les yeux. Son visage affiche un sourire bienveillant, ouvert et compréhensif. Il me paraît à la fois incroyablement désirable et totalement inconnu. Ses prunelles sont des icones d'ordinateur, d'indéchiffrables pictogrammes derrière lesquels se cachent une infinité de merveilles, réservées aux seuls initiés.

“Pourquoi cette invitation ? Qu'est-ce que tu voulais ?”

Martes se carre sur sa chaise. Si décontracté. Si insouciant.

“Bavarder agréablement.

— Rien d'autre ?”

Il me regarde comme si je venais de révéler de moi quelque chose de nouveau, quelque chose de gênant mais de négligeable, tout bien considéré. Un fait peut-être légèrement compromettant, mais sans grande conséquence pour de bonnes relations de travail. Comme un déodorant qui vous lâche.

"Je vais être franc, ce n'est pas mon style."

Mon cœur explose en battements désordonnés et ma langue réagit plus vite que mon cerveau.

"C'est toi qui as commencé."

Quand, à l'école, on cherchait le coupable des bagarres de cour de récré, c'était là le plus important. Savoir qui avait commencé.

Et Martes, quand je poursuis, me regarde comme si j'étais complètement irresponsable.

"On n'en serait jamais arrivé là... si tu ne m'avais pas si clairement fait comprendre que tu étais disponible. Je t'ai déjà dit que la maîtrise de mes sentiments était un de mes points forts. Quand je n'ai pas de très solides raisons de croire que j'intéresse quelqu'un, je fais en sorte qu'il ne se passe strictement rien. Rien. Pas même dans un coin de mon cerveau, nom d'un chien."

Les souvenirs me reviennent en foule, et je sais que je parle d'une voix bien trop hostile. Je me rappelle le contact de Martes contre moi, son érection au travers du tissu de son pantalon, alors que nous nous tenions appuyés, dans l'obscurité de la nuit, au garde-fou surplombant les rapides de Tammerkoski. Je sens sa bouche sur la mienne, son goût de tabac et de Guinness, le frôlement de sa moustache sur ma lèvre supérieure, et j'ai le vertige.

Martes tend la main vers ses cigarettes, en prend une, se la cale entre les lèvres, fait jaillir du feu de son Zippo et tire une profonde et voluptueuse bouffée.

“Je n’y peux rien, si je suis le genre de type sur lequel les autres projettent leurs rêves et leurs désirs.”

D’après lui, il ne s’est rien passé.

D’après lui, j’ai tout imaginé.

Je me traîne chez moi vers minuit, boitillant d’un pas chancelant, autant à cause de la bière que de la profonde blessure qui m’a entamé le cuir. Mon esprit embrumé lèche la plaie tel un chat, revient dessus comme sur une dent branlante, faisant encore et encore ressurgir une mielleuse douleur émoussée – la phrase sur l’irréalité de mes rêves et de mes désirs.

Les réverbères se balancent dans la bise. Quand je franchis la porte cochère de l’immeuble, place Pyynikki, un tourbillon de neige et de feuilles de tilleul écrasées s’y engouffre avec moi. Des voix montent d’un coin de la cour.

Une bande peu engageante campe du côté des poubelles, de jeunes types, jeans pendouillant sur les fesses et blousons criards découvrant les reins. Ils me tournent le dos et parlent sur un ton où perce une incitation réciproque à quelque exploit douteux. Exploit qui concerne apparemment un objet dissimulé dans l’ombre derrière eux. En temps normal, je les contournerais de loin – ils me donnent la chair de poule, et c’est précisément en croisant ce genre de voyous dans la rue que je rentre la tête dans les épaules en sachant que j’entendrai à coup sûr voler sur mes talons une réflexion désobligeante – mais là, à cause de Martes, parce que rien n’a d’importance et que j’ai dans le corps deux grammes d’alcool par litre de sang, je m’arrête derrière eux.

“Vous êtes dans une cour privée. L’entrée est interdite aux personnes étrangères à l’immeuble.”

Quelques têtes se tournent, des haussements d’épaules, et ils reportent leur attention sur le sol, sur quelque chose qui gît à leurs pieds. “Tu as peur qu’il te morde ? demande un des ados à un autre. Vas-y, shoote, pour voir.

— Vous avez entendu ? C’est privé, disparaissez.” Ma voix grimpe, ma colère monte, dans mon cerveau clignote l’image des grands de la classe supérieure qui, jadis, se dressaient au-dessus de moi telles des tours. Ils avaient les mêmes accents ironiques et provocants, “tu as peur qu’il te morde”, et, l’instant d’après, je me retrouvais avec la bouche pleine de neige mêlée de sable.

“Va te faire foutre, beauté”, réplique aimablement un des apprentis délinquants. Il sait que je ne risque pas de leur opposer plus de résistance qu’une mouche bourdonnant à leurs oreilles.

“Je vais appeler la police.

— C’est déjà fait”, dit une voix dans mon dos. La robuste retraitée qui loge à l’étage au-dessous du mien et exerce en échange de son loyer une vague fonction de gardienne s’est matérialisée derrière nous. Les jeunes lèvent les épaules, tirent sur leurs blousons de cuir, crachent par terre d’un air décontracté, s’en vont en prenant leurs aises et prétendument de leur plein gré. Ils s’engagent sous le porche en roulant les mécaniques avec de mâles jurons, et le dernier balance vers nous d’une pichenette son mégot allumé, tel un missile rougeoyant. A peine sont-ils parvenus dans la rue que nous les entendons prendre leurs jambes à leur cou.

La gardienne s’ébroue.

“Ils m’ont crue.

— La police va venir ?

— Bien sûr que non. Je n'allais pas les déranger pour si peu. J'allais au snack-bar."

L'adrénaline m'a éclairci les idées sur le moment mais, maintenant que j'essaie de sortir mes clefs, mes doigts sont comme un paquet de saucisses. La dame se dirige vers la porte cochère, et tant mieux, car mon esprit engourdi par l'alcool brûle d'une obsédante curiosité. J'attends qu'elle ait disparu sous le porche et je me tourne pour regarder dans l'ombre des poubelles.

Un enfant dort dans la cour asphaltée, au pied des boîtes à ordures. Le contour de sa silhouette noire émerge à peine de l'obscurité.

Je m'approche, je tends le bras. La forme recroquevillée a apparemment entendu mes pas. Elle lève un instant faiblement la tête, ouvre les yeux, et je comprends enfin ce que c'est.

Je n'ai jamais rien vu d'aussi beau.

Je sais tout de suite que je le veux.

Il est petit, mince, et pelotonné dans une posture étrange, comme totalement désarticulé. Il tient sa tête entre ses genoux et son épaisse crinière noire traîne sur le bitume boueux.

Il ne doit pas avoir plus d'un an. Dix-huit mois tout au plus. Encore immature. Il est loin d'être aussi grand et gros que les individus adultes que j'ai vus en photo.

Il est blessé, ou abandonné, ou perdu. La bande de soudards pubertaires ne semble pas avoir eu le temps de lui faire de mal. Comment est-il arrivé ici, dans la cour, en pleine ville ? Les battements de mon cœur s'emballent soudain et je me retourne, m'attendant presque à voir une gigantesque ombre noire, courbée en deux, s'écarter des poubelles pour courir vers le porche et le parc voisin.

J'agis d'instinct. Je m'accroupis près du petit troll et je lui replie doucement une patte derrière le dos. Il tressaille, mais ne cherche pas à se débattre. Pour plus de sûreté, je lui lie fermement les membres contre les flancs avec la sangle de mon sac. Je jette un coup d'œil à la ronde et je le prends dans mes bras. Il est léger, frêle comme un oiseau, bien moins lourd qu'un enfant de la même taille.

Je lance un rapide regard aux fenêtres ; seule une lueur rougeoyante filtre de la chambre à coucher de mon voisin du dessous. J'aperçois la tête d'une jeune femme à l'allure exotique, une main ferme les rideaux. Maintenant !

En un rien de temps, nous sommes dans mon appartement.

Il est extrêmement faible. Quand je le pose sur le lit, il reste à me regarder, sans bouger, de ses yeux de chat rubescents aux noires pupilles verticales. L'arête de son nez est droite, un peu plus saillante que le museau d'un félin, et ses narines sont grandes et expressives. Sa bouche, contrairement à la gueule fendue d'un chat ou d'un chien, ne forme qu'une fine ligne horizontale. Le tout – à l'image des ouistitis ou d'autres singes à face plate – ressemble tant à un visage humain qu'il est facile de comprendre pourquoi ces êtres noirs ont toujours été considérés comme des sortes d'hommes des bois vivant dans des cavernes et des anfractuosités de rocher, des parodies d'humains créées par un caprice de la nature.

A la lumière, sa juvénilité est encore plus évidente. Les traits de son visage et de son corps ont la douceur, la rondeur et la maladresse attendrissante de tous les bébés animaux. Je regarde ses pattes de devant : on dirait celles d'une souris ou d'un raton laveur, avec des doigts souples et déliés, pourvus de longues griffes. Je défais la sangle qui l'entoure, sans qu'il fasse un geste pour m'égratigner ou me mordre. Il se contente de me tourner le dos et de se rouler en boule, ramène sa queue en toupet entre ses cuisses et replie ses membres antérieurs sur sa poitrine. Sa crinière noire emmêlée tombe sur son museau et il laisse échapper un soupir plaintif, tel un chien sombrant dans le sommeil.

Debout à côté du lit, je regarde le petit troll et je renifle son odeur puissante, mais pas désagréable : comme des baies de genièvre écrasées, avec un soupçon d'autre chose – du musc, du patchouli ? Il n'a toujours pas bougé. Ses flancs osseux se soulèvent au rythme rapide de sa respiration.

Je prends doucement le plaid en mohair du canapé, j'hésite un instant au pied du lit, puis j'en recouvre le troll. Sa patte de derrière se détend comme par réflexe, avec la violence et la rapidité de l'éclair, et je prends la couverture en pleine figure. Je me dégage à tâtons, le cœur battant, m'attendant à ce que l'animal affolé se jette sur moi, tous crocs et griffes dehors. Mais non. Le troll est toujours couché en chien de fusil et respire calmement.

D'un coup, je me rends compte que j'ai ouvert ma chambre à une bête sauvage.

*

J'ai la tête et la nuque endolories. J'ai dormi sur le canapé. Il est si affreusement tôt qu'il fait encore nuit. Et sur le lit il n'y a rien. Ce n'était donc que cela : des fantasmes s'évanouissant avec l'aube.

Mais il y a le plaid froissé au pied du lit. Et, dans la salle de bains, un tout, tout petit bruit.

Je me lève et, à la lumière des réverbères qui filtre par la fenêtre, je me dirige sur la pointe des pieds, aussi doucement que possible, vers la porte ouverte. Dans la pénombre, je vois un petit arrière-train noir et osseux, deux pattes, une queue en pinceau qui tressaute, et je comprends. Il boit dans la cuvette des toilettes. Je respire sa forte et piquante odeur de genévrier. Puis je vois la flaque jaune sur le carrelage vert menthe. Bien sûr.

Il a fini de laper et senti ma présence, son buste se redresse si vite que le regard parvient à peine à suivre son mouvement. Des gouttelettes coulent de son menton. Je tente de me persuader que l'eau est parfaitement propre et potable, et j'essaie de me rappeler quand j'ai passé pour la dernière fois la brosse et le canard-WC.

Les prunelles du troll sont toujours aussi vitreuses, il n'a pas l'air bien portant, et son pelage noir d'encre est tristement terne. Je m'écarte de la porte de la salle de bains et il se faufile dans le séjour, comme le fait tout animal qui n'a pas d'autre échappatoire : l'air dégagé, mais en vitesse et tous les sens en éveil. Il se déplace sur deux pattes, d'une démarche souple et douce, différente de la nôtre : un peu penché en avant, les membres antérieurs tendus, légèrement écartés du corps, sur la pointe des orteils, dansant, si dansant ! Je le suis et je le vois bondir sans effort sur mon lit, tel un chat, comme si la pesanteur n'existait pas, se pelotonner en rond et se rendormir.

Je vais chercher un bol dans la cuisine, j'y fais couler de l'eau et je le pose à côté du lit. Puis je m'occupe de passer la serpillière dans la salle de bains, malgré la douleur qui me tenaille le crâne.

Que diable mangent les trolls ?

Je vais dans mon bureau. Je laisse la porte ouverte et je réveille l'ordinateur, je lance le navigateur et je tape le mot TROLL dans la fenêtre du moteur de recherche.

http://www.fauna.fi

TROLL (syn. diable des forêts ; anc. croquemitaine, gobelin, ogre ; nom sc. *Felipithecus trollius* ; famille des félipithécidés).

Carnivore panscandinave à l'aire de répartition limitée au nord de la mer Baltique et à la Russie occidentale. Chassé par la déforestation du reste de l'Europe, où il était encore relativement commun au Moyen Age, à en croire les légendes et les sources historiques. Officiellement découvert et classé parmi les mammifères en 1907, considéré jusqu'à cette date récente comme une créature mythique, uniquement attestée par la tradition populaire et les contes.

Poids et taille d'un mâle adulte : 50 à 75 kilos pour 170 à 190 centimètres. Bipède plantigrade aux membres longs dont la locomotion présente cependant de nombreux traits digitigrades. Pattes postérieures et antérieures respectivement pourvues de 4 et 5 doigts armés de longues griffes, dont un pouce préhensile. Queue longue, terminée par un pinceau de poils. Langue râpeuse. Yeux rouge orangé, pupille elliptique. Robe noir profond. Fourrure dense à poil lisse et, chez le mâle, tête coiffée d'une abondante crinière noire. Exclusivement nocturne. Se nourrit principalement de menu gibier, de charognes, de nids et de jeunes oiseaux. Passe l'hiver assoupi dans une tanière. La femelle, probablement fécondée à l'automne avant le sommeil hiémal, met bas 1 ou 2 petits au printemps ou au début de l'été. Le mode de vie de ce prédateur particulièrement farouche et extrêmement rare reste cependant mal connu. Population estimée en Finlande : 400 individus environ. Classé parmi les espèces menacées.

ANGE

Je ne suis guère plus avancé. Je clique sur le lien suivant de la liste de résultats.

www.zoonet.edu/~mammiferes/carnivores

Les trolls ont d'abord été considérés, à tort, en raison de leur aspect très similaire à celui de l'homme et du singe, comme de proches parents des hominidés, avant que des études plus poussées révèlent qu'il ne s'agit que d'un cas d'évolution convergente. Le troll a donc d'abord été pris pour un primate et, du fait de cette erreur d'interprétation, l'espèce a initialement été désignée sous le nom de "singe des cavernes du Nord", en latin *Troglodytas borealis*. Il a ensuite été découvert qu'il appartenait à une famille de carnivores tout à fait à part, les félipithécidés, mais l'ancienne appellation a été conservée pendant un certain temps sous la forme *Felipithecus troglodytas*. Aujourd'hui, l'espèce porte le nom bien établi, scientifiquement exact et conforme à la tradition populaire, de *Felipithecus trollius*. Il peut être intéressant, à cet égard, de rappeler la prise de position de l'honorable société Pro fauna et flora, qui avait suggéré – en référence aux mythes et au nom de diable souvent donné au troll – de baptiser l'espèce *Felipithecus satanus*.

On ne connaît qu'un seul autre représentant actuel de la famille des félipithécidés : le chat-singe jaune *(Felipithecus flavus)* d'Indonésie, aujourd'hui pratiquement éteint, hôte des strates médianes de la forêt pluviale, d'une taille équivalente à celle du lynx. Les fossiles retrouvés laissent penser que l'ancêtre commun des deux espèces vivait en Asie du Sud-Est.

Bien que le troll, compte tenu de son mode de vie et de sa dentition, soit à l'évidence un carnassier, de nombreux scientifiques hésitent à ranger les félipithécidés dans l'ordre des carnivores. Selon certaines théories, ils seraient ainsi plus proches des primates ou des insectivores que des fissipèdes, ce que confirment plusieurs caractéristiques anatomiques.

Il a aussi été avancé qu'il pourrait y avoir parmi les animaux dont l'existence n'a jamais été étayée par des preuves scientifiques formelles (tels que l'abominable homme des neiges du Tibet ou yéti, sur lequel courent nombre de mythes et de rumeurs, ou le légendaire *sasquatch* ou *bigfoot* d'Amérique du Nord) des représentants de la famille des félipithécidés qui éviteraient soigneusement l'homme.

Ce n'est qu'en 1907 que la réalité de l'existence de *Felipithecus trollius* a été établie, lorsqu'un troll adulte trouvé mort a été adressé à la faculté de zoologie et de botanique de l'université impériale Alexandre à Helsinki. L'on avait certes déjà relevé des récits de personnes ayant vu des trolls, mais cet animal souvent présent dans les contes et dans la tradition populaire, notamment dans le *Kalevala*, était considéré par les savants comme une créature imaginaire. Il semblerait que les bébés trolls isolés rencontrés de temps à autre dans la nature aient également entretenu les mythes du "peuple des ombres" et du "peuple souterrain". Cette conclusion est étayée par la thèse selon laquelle les trolls réguleraient leur population en abandonnant leurs petits.

L'exceptionnelle capacité du troll à se fondre dans le paysage, sa discrétion et sa crainte de l'homme, ainsi que le fait qu'il réside dans des lieux difficiles d'accès, n'est actif que la nuit, passe l'hiver endormi dans des cavernes et ne laisse donc généralement pas de traces dans la neige, expliquent sans doute en partie la découverte tardive de l'espèce. L'histoire du troll est ainsi très semblable à celle de l'okapi, dont la zoologie n'a pris acte qu'en 1900, du varan de Komodo (1912) ou du panda géant (1937). Il existait à propos de tous ces animaux une abondante tradition orale et des témoignages de la population indigène, mais les scientifiques refusèrent longtemps d'y voir autre chose que des mythes et des croyances. Dans ce contexte, il convient de rappeler que notre planète est peuplée, selon les meilleures estimations, de 14 millions d'espèces animales, dont 1,7 million seulement, soit moins de 15 %, ont été identifiées et répertoriées. De grands ongulés *(Meganuntiacus vuquangensis, Pseudoryx nghetinhensis)* ont ainsi pu, par exemple, n'être officiellement découverts qu'en 1994…

ANGE

Tout en pianotant sur l'ordinateur, je surveille ma chambre du coin de l'œil. Dans l'inconscience de l'ivresse, l'idée de recueillir ce pauvre petit troll perdu et abandonné paraissait sacrément géniale. Un ogre qui peut atteindre deux mètres de haut à l'âge adulte !

Mais même maintenant que je suis à jeun, il a quelque chose de totalement captivant. Est-ce simplement l'harmonieuse souplesse de ses lignes qui flatte mon œil de photographe ?

Est-ce parce qu'il me faut, dès que je vois quelque chose de beau, me l'approprier aussitôt ? Des yeux, par le truchement d'un objectif, ou des mains. D'un clic d'obturateur ou d'un claquement de verrou.

Même si je ne sais pas ce que je pourrais bien en faire.

Mais cela ne change rien au fait qu'il est encore tout petit. Et malade. Et faible. Et totalement seul.

J'imprime une pile d'extraits de documents les plus divers, sans rien y trouver de vraiment utile.

Je retourne sur Zoonet et je clique sur le lien qui renvoie à l'évolution.

J'apprends que l'on parle de convergence quand diverses espèces sans proche parenté génétique évoluent séparément vers des formes similaires. Le cas type est celui du requin, de l'ichtyosaure et du dauphin, qui se sont développés à partir de vertébrés extrêmement différents – poissons pour le requin, reptiles vivant sur la terre ferme pour l'ichtyosaure et mammifères terrestres pour le dauphin. Mais tous trois sont identiques d'aspect, fuselés, dotés d'une queue et de nageoires, et occupent la même niche écologique, dévolue aux prédateurs océaniques piscivores à nage rapide. Il existe bien d'autres exemples : l'émeu, l'autruche et le dinornis, oiseaux des plaines herbeuses incapables de voler, ou des animaux adaptés à la vie amphibie tels que les phoques, les otaries et les siréniens.

Me voilà fichtrement édifié. L'évolution convergente signifie donc, d'après cet article, que des climats et des milieux comparables peuvent, dans des régions parfois très éloignées les unes des autres, produire des espèces ayant les mêmes caractères morphologiques, en partant de formes initiales sans aucun rapport les unes avec les autres. Un petit carnivore arboricole d'Asie du Sud-Est ressemblant un peu à la martre ou au raton laveur a ainsi donné naissance aux félipithèques – chats-singes et trolls –, tandis que les mammifères prosimiens ont évolué en singes et en hominidés. Les deux groupes se sont adaptés à la même niche écologique, dans laquelle la bipédie et l'agilité des doigts des membres antérieurs constituaient des facteurs utiles à la survie de l'espèce...

Rien qui puisse m'éclairer.

Je regarde l'ordinateur. Ce n'est qu'une machine.

Je dois trouver autre chose.

*

J'imagine le bruit que fait la sonnerie du téléphone chez le docteur Spiderman. Autrement dit chez Petteri Parkkinen, mon ex, surnommé aussi l'Homme-Araignée en raison de sa quasi-homonymie avec Peter Parker et de sa propension à grimper aux rideaux.

Il décroche au huitième coup de grelot, d'une voix déjà furieuse.

Je tente de bafouiller quelques formules d'entrée en matière, du genre "comment ça va", mais je sais moi-même que ça ne nous mènera pas loin.

"Mon bel Ange, mon chérubin aux cheveux d'or, m'interrompt ironiquement Parkie de sa voix légèrement nasillarde. Tu m'as récemment congédié d'un assez vigoureux coup de pied au muscle fessier après une merveilleuse période de faveur de deux mois à peine. Je m'étonne donc un peu de ton appel. Surtout à cette heure."

J'essaie de bredouiller quelque chose à propos du fait que nous avions décidé, me semble-t-il, de rester amis.

"Moi qui croyais déjà que ta mère avait réussi à te faire changer d'avis, elle a sûrement toujours rêvé de te voir fréquenter sérieusement un docteur", lance Parkie, et je rougis. Il a changé de ton, et paraît maintenant presque intéressé. "Tu n'as pas réussi à le ferrer, alors ?"

Je commence à entrevoir que ce coup de téléphone est une erreur épouvantable quand l'Homme-Araignée poursuit sans pitié.

"Tu étais là, avec tes grands yeux bleus humides, à marmonner que tout compte fait je n'étais pas ton genre, que je n'étais pas l'amour de ta vie et que tu ne voulais pas, je cite, me faire souffrir en poursuivant une relation dans laquelle tu n'étais pas capable de t'engager pleinement. Et en même temps, tu ne parlais que de lui."

Vraiment ? Et merde. C'est possible. De l'avoir en quelque sorte fait mien en le mentionnant, en laissant tomber son nom comme par inadvertance.

"Tu te gargarisais de son nom. Martti, Martti, Martti ceci et Martti cela, c'était transparent à vomir. Et tout ton joli petit discours sur tes difficultés à te fixer signifiait de la manière la plus flagrante que tu voulais avoir le champ libre pour profiter de l'occasion dès que l'objet de cette vénération lointaine – et de toute évidence d'un profond et authentique engagement futur – serait mûr pour te donner le feu vert. Non ?"

Je me tais. Inutile d'en rajouter.

"Mais bon, qu'est-ce qui t'amène ?"

Je m'éclaircis la gorge. Ce n'est pas facile à dire.

"Que sais-tu sur les trolls ?"

Un rire diabolique résonne dans le combiné. "Ange de mon cœur, tu vas devoir me pardonner ma curiosité. Tu as un exposé à faire pour l'école ?"

Je marmonne je ne sais quelle idiotie à propos d'un pari. "Sur ce qu'ils mangent, plus exactement", dis-je pour finir, totalement à sa merci. Je sens mon silence embarrassé faire son chemin jusqu'à l'oreille de l'Homme-Araignée.

"Tu téléphones à huit heures et demie du matin, un dimanche, à un vétérinaire aux honoraires prohibitifs pour lui demander *ce que mangent les trolls* ?" explose-t-il.

Je sais que Parkie a l'art d'être odieux, et qu'il en profite chaque fois qu'il peut, mais il n'a jamais pu résister à la tentation de briller par son savoir. Je m'y attendais. Un ton professoral s'insinue dans son discours.

"Des grenouilles, des petits mammifères, et ils pillent les nids, énumère la voix de l'Homme-Araignée. On prétend qu'ils auraient dévoré quelques moutons égarés, mais ce ne sont probablement que des racontars. On dit aussi qu'ils pêchent avec la patte comme les ours, ce dont je n'ai aucune raison de douter. Des lièvres. Du gibier à plumes. Et il se peut qu'ils fassent de temps en temps ripaille d'un jeune renne blessé ou qu'ils pourchassent quelques faons. Ils se nourrissent aussi de charognes quand l'occasion s'en présente. Un individu adulte a besoin d'un ou deux kilos de protéines animales par jour. Quoi d'autre…"

Je l'encourage en lâchant dans le combiné de petits sons approbateurs.

"Définitivement carnivores, pas omnivores comme les ours, par exemple. Une digestion de félin, si tu veux. Tout ça pour dire que si tu as parié que les trolls grignotaient des pousses de sapin au clair de lune, tu peux faire une croix sur ton argent. Et si tu veux plus de renseignements, mon cœur, emprunte à la bibliothèque *Les Grands Carnivores de Finlande* de Pulliainen."

Le sifflement aigu de la ligne résonnant à vide me déchire le tympan.

IIVAR KEMPPINEN, *La Mythologie finnoise*, 1960

A l'instar de bien d'autres systèmes de croyances, la mythologie finnoise réserve une large place, aux côtés des génies et des esprits, à divers animaux considérés comme démoniaques. On citera, parmi les principaux, l'ours, le troll, le loup, le serpent, le lézard, la grenouille, la belette, la musaraigne, l'abeille, la vrillette et le pou. Ces créatures maléfiques se distinguent essentiellement des esprits par le fait qu'elles sont en général parfaitement visibles et reconnaissables, à l'exception des farouches et mystérieux trolls, ainsi que de la belette. Elles ont cependant parfois été assimilées à des génies, et des offrandes de nourriture étaient par exemple déposées à l'intention des trolls sur des "pierres du diable". Les serpents familiers, ou vouivres, étaient également vénérés. De nombreuses études ont été publiées dans le monde sur l'attribution de caractères démoniaques à des animaux, et différentes interprétations du phénomène ont été proposées. En Finlande, le principe selon lequel une aura et des pouvoirs maléfiques étaient accolés à certaines bêtes semble simple : il s'agit de prédateurs ou autres nuisibles, considérés comme ayant été engendrés par les puissances des ténèbres et envoyés sur terre pour le malheur des hommes. En tant que représentants des forces du mal, ils étaient haïs, mais aussi vénérés et choyés, dans l'espoir de se les concilier. C'est également de là que découle la croyance selon laquelle faire du mal à un animal révéré, comme par exemple une vouivre ou une grenouille, porterait malheur.

Dans la mythologie finnoise, le royaume des ténèbres est appelé Tuonela ("pays de la mort"), Manala ("pays souterrain"), Pohjola ("pays du Nord") ou Hiitola ("pays de Hiisi", autrement dit "pays du diable"). Il est intéressant de noter que le terme "Hiitola", de même que "Tapiola", désignait à l'origine la forêt en tant que lieu de résidence de Tapio ou Hiisi, l'esprit personnifiant la sylve (cf. Ganander, I, 89 ; Gottlund, I, 350). Les deux termes en sont ainsi venus à désigner la forêt elle-même. Par glissements successifs, *hiisi* a ensuite acquis, au côté de sa signification première, des sens tels que "forêt sacrée", puis "lieu maudit", "enfer", et enfin "mauvais esprit", "diable", "géant" ou "ogre". Le même phénomène s'observe dans les langues caréliennes, et en particulier dans le dialecte lude (cf. Kujola, I, 234-235). Cette confusion s'explique probablement par la frayeur qu'inspiraient les sombres forêts peuplées d'ours, de loups, de trolls et autres démons, à l'image des enfers de Manala dont on pensait qu'étaient issues ces bêtes féroces, envoyées par Louhi, la patronne de Pohjola (cf. par ex. *Kalevala*, chant XLVI).

ANGE

Son flanc d'un noir terne, sur le lit, se soulève fiévreusement. Une digestion de félin.

Je cours au réfrigérateur, je fouille hystériquement. De la marmelade d'oranges, des olives de Kalamata, quelques piments frais mais déjà un peu desséchés, du bleu d'Allemagne.

Un félin. Un chat. Que mangent les chats ?

De la nourriture pour chats.

Au même instant, un souvenir me remonte en mémoire : le voisin du dessous, comment s'appelle-t-il déjà ? Kaikkonen ? Korhonen ? Koistinen ? Celui qui est marié à une étrangère. Ils ont un animal. Je l'ai vu, une fois qu'il ouvrait la porte de l'immeuble pour entrer, avec une laisse de cuir rouge à la main.

Ils doivent avoir un chat. Je ne les ai jamais vus promener de chien.

PALOMITA

Le sommeil est un puits d'où je remonte telle une bulle. L'eau est de miel noir. Mes bras et mes jambes tentent de se mouvoir dans l'épais sirop de la nuit. J'arrache dans la douleur les paupières qui m'aveuglent.

Ma sueur jaillit et mon cœur s'emballe. Je crois un instant avoir entendu la sonnette du comptoir du bar d'Ermita. Celle qui m'ordonne de sortir de l'arrière-salle. Mais heureusement ma main tombe sur quelque chose et mes yeux s'ouvrent et il n'y a autour de moi que la fausse nuit gris-bleu de la chambre.

Je dormais d'un sommeil terriblement profond, comme chaque fois que Pentti n'est pas là. Quand je suis seule, je me sens tomber en tournoyant dès que je me couche, sans avoir à crisper chaque millimètre de mon corps comme les fois où il est à mon côté. Ni à me réveiller au moindre bruit. Quand Pentti ronfle, on croirait qu'il étouffe.

Mais le bruit n'a finalement rien à voir avec la claire et terrifiante clochette du comptoir du bar d'Ermita. Il est plus insistant, plus râpeux, plus vrillé. Le ding dring dring résonne dans l'entrée nue d'où Pentti a enlevé tous les manteaux pour les mettre sous clef dans la penderie jusqu'à son retour de voyage. Je chausse mes pantoufles et je prends mon peignoir sur la chaise. La sonnerie insiste encore et encore, comme si c'était une question de vie ou de mort. Je sors le tabouret du placard, je grimpe dessus et je regarde dehors par l'œil de la porte.

C'est le voisin du dessus qui carillonne. Il est grand et blond, avec des cheveux bouclés. Je l'ai déjà vu une fois dans l'escalier.

J'ai appris à toujours regarder par l'œil de la porte. Pentti m'interdit d'ouvrir à qui que ce soit, sauf sur son ordre exprès. C'est un puits habité par de petits humains tordus. Plusieurs fois par jour, je monte sur le tabouret et je scrute l'escalier. Il n'y passe pas grand monde, et chaque fois que je vois quelqu'un c'est une récompense. Le voisin actionne de nouveau la sonnette, puis rejette ses cheveux en arrière. Il abandonne.

Je ne sais pas ce qui me prend. Mais j'ouvre avec précaution la porte.

L'homme parle un finnois rapide dont je ne comprends qu'un mot par-ci par-là. Cette langue est pleine d'angles et de coudes et de longs passages qu'il faut prononcer en ouvrant le fond de la bouche. Heureusement que je n'ai pas souvent besoin de m'en servir, Pentti ne m'adresse pratiquement pas la parole et je ne vais jamais nulle part.

Il s'excuse. Donne son nom, que je ne comprends pas bien mais qui ressemble à Miguel. Il explique qu'il habite à l'étage au-dessus, répète quelque chose à propos de nourriture et martèle un mot que je n'ai jamais entendu avant.

Il paraît s'apercevoir que je ne comprends pas. Il n'a vu jusque-là que l'urgence de son besoin, mais maintenant il me voit. Il essaie l'anglais, que je comprends déjà mieux mais malgré tout assez peu, car à la maison nous parlions chabacano, et au village tagalog, et je n'ai pas beaucoup fréquenté l'école.

"De la nourriture pour chats, demande-t-il. Auriez-vous de la nourriture pour chats à me prêter ?"

Un sourire involontaire inonde mon visage. Nous n'avons pas de chat. Pentti n'en voudrait jamais. Une fois qu'il était de nouveau ivre, il a pris la poupée porte-bonheur que m'avait donnée Conchita, au bar, l'a jetée dans les WC et a tiré la chasse. Il avait remarqué que je la tenais parfois à la main, le soir avant d'aller me coucher. La poupée est restée coincée dans la canalisation et Pentti a dû longtemps manier le débouchoir à ventouse avant que la cuvette se vide de nouveau normalement.

Je secoue la tête, je regrette, *no cat food*. Je lui demande s'il parle espagnol, mais il fait des gestes de dénégation, un regard affolé dans les yeux. Je cherche mes mots en anglais, j'essaie de l'aider. Il y a tout près d'ici une petite épicerie ouverte tard où on vend absolument de tout. Un soir, Pentti m'a envoyée y acheter de la bière, il m'a donné un billet et un bout de papier sur lequel il avait griffonné la commande. Je les ai remis au vendeur, qui m'a donné six bouteilles brunes glacées. Je n'ai pas pensé à prendre le ticket de caisse et, quand je suis rentrée, Pentti m'a accusée d'avoir gardé une partie de la monnaie. Moi aussi, j'avais trouvé ça cher. Je n'y suis pas retournée depuis mais je me rappelle qu'il y avait presque autant de produits qu'au supermarché.

Miguel plisse le front. Il me fait pitié. Je ne comprends pas pourquoi il ne peut pas courir à deux rues d'ici, à cette épicerie qui est comme un grand magasin miniature, mais j'essaie désespérément de trouver un moyen de l'aider. Je pense aux chats, je pense à la nourriture. Les chats sont nombreux dans les ports. Ils mangent du poisson.

Je laisse la porte entrebâillée et je cours à la cuisine, j'ouvre le congélateur et j'en sors un paquet de colin. Pentti en a rapporté un sac plein, ils étaient en promotion. Ils s'entrechoquent comme des bûches. Je retourne dans l'entrée et je fourre la boîte givrée dans les mains de Miguel.

“Micro-ondes. Il faut les mettre au micro-ondes.” J'articule clairement, ces mots-là, je les ai souvent entendus et je les connais bien. Miguel regarde fixement le poisson, le fait passer d'une main à l'autre tellement il est glacé.

Il le serre contre lui. Un flot de remerciements confus en finnois et en anglais s'échappe de sa bouche. Et déjà il s'en va, grimpe l'escalier quatre à quatre, avec son beau visage d'ange et ses cheveux qui sont comme le soleil dans un champ de blé. J'entends sa porte se refermer à l'étage au-dessus.

ANGE

Il faudra que je trouve moyen de lui revaloir ça, me dis-je en mettant le colin au micro-ondes. Elle doit venir des Philippines, pour parler un peu d'anglais et d'espagnol mais avoir l'air si nettement asiatique. Quel âge peut-elle avoir ? Seize ans ? Le genre de petite fiancée vendue sur catalogue par des intermédiaires véreux.

Et ils n'ont pas de chat. J'ai le visage en feu. J'aurais tout de suite dû comprendre à quoi pouvait servir cet attirail de cuir rouge, si souple et si joli.

Je mets le bouton de commande sur décongélation et j'allume le four. Quand son bourdonnement se déclenche, les oreilles du troll frémissent, sa queue tressaute, mais, comme rien de plus menaçant ne se produit, il se calme. Une odeur de poisson se répand dans la pièce, je sors le plat du micro-ondes et je tâte le colin du doigt : il est blanc et chaud sur les bords, déjà un peu cuit, et glacé au milieu, mais la plus grande partie est à température ambiante et d'un gris gélatineux. Avec un couteau, je prélève des morceaux dégelés et je les mets sur une feuille d'aluminium que je vais poser par terre dans le séjour. Les narines du troll s'écartent, mais l'odeur du poisson ne semble pas particulièrement l'intéresser. Je prends un bout de colin entre mes doigts et je m'assieds au bord du lit. Le troll entrouvre les paupières et ses yeux à pupille verticale me regardent. J'approche la nourriture de ses narines, de sa bouche. Il la flaire brièvement, d'un air las, puis ferme les yeux et détourne la tête d'un mouvement presque humain. Il se recroqueville, tourne vers moi son maigre et étroit dos noir, et de son ventre s'échappe un petit bruit, à peine audible mais reconnaissable : un gargouillis de faim.

AKI BÄRMAN, *La Bête qui est en nous. Regard sur les rapports entre l'homme et l'animal sauvage dans les mythes et dans l'imaginaire*, 1986

La transformation de l'homme en animal ou plus généralement les relations intimes de l'ordre de la métamorphose qui peuvent les unir sont un élément quasi universel de la mythologie, dont la strate repose à l'évidence sur les "rôles d'animaux" du chamanisme et du totémisme. Ce zoomorphisme est en général associé à un prédateur redoutable, présent dans l'aire culturelle concernée (le tigre en Asie, le jaguar en Amérique du Sud, le loup en Europe et, en Scandinavie, l'ours et surtout le troll). L'homme se confond avec le carnassier, et il se développe autour de ce dernier une tradition narrative complexe régie par des règles strictes – telles que, par exemple, dans les histoires de loup-garou, l'effet de la pleine lune, la vulnérabilité aux balles d'argent, les conditions de la transformation, etc. En Finlande, les récits obéissant à ce type de lois portent en majeure partie sur les trolls.

Les mythes finnois relatifs à l'origine de ces animaux sont, du fait de leur aspect humanoïde, teintés d'influences chrétiennes. Selon l'une des versions recensées, Adam et Eve auraient engendré tant d'enfants qu'ils en eurent eux-mêmes honte et en cachèrent une partie dans des cavernes, loin du regard de Dieu. Et ces enfants vécurent si longtemps sous terre qu'ils se transformèrent en trolls. Les Islandais connaissent également cette version. D'après un autre récit finnois, les trolls seraient apparus pendant le Déluge. Certains hommes, refusant par paresse de suivre l'exemple de Noé et de construire une arche, se mirent à l'abri des flots au sommet de montagnes. L'existence qu'ils menèrent dans des grottes leur coûta cher : quand l'eau finit par se retirer, ils étaient devenus des trolls. Ces histoires montrent que l'on considérait les trolls comme des humains dégénérés. De nombreuses peuplades primitives ont des mythes similaires à propos des grands singes, par exemple.

Selon la mythologie scandinave, les trolls – qui ne sont pas, par conséquent, des êtres surnaturels – ont ainsi été créés par Dieu mais se sont, d'une manière ou d'une autre, opposés à sa volonté. L'Eglise a tenté d'éradiquer les croyances païennes attachées à cet animal, mais certaines sont restées vivaces, même après qu'il a été reconnu comme une espèce parmi d'autres. Il est également intéressant de noter que, sous l'influence du christianisme, les trolls et les ogres de nombreuses histoires de la tradition populaire ont été remplacés par Satan. On connaît par exemple en Finlande des centaines de récits dans lesquels des paysans roublards font la nique à un diable plutôt benêt – qui, dans les versions plus anciennes, est presque sans exception un troll. Nos ancêtres, à en croire ce folklore, éprouvaient donc le besoin de souligner, par rapport à cet animal anthropomorphe, la supériorité de leur intelligence et de leur finesse.

Les trolls des mythes, typiquement laids et hirsutes, résidaient à l'intérieur de montagnes ou de rochers. Ils représentaient les forces obscures et se transformaient en pierre à la lumière du jour. Ils étaient souvent décrits comme des serviteurs du diable qui s'embusquaient, la nuit, pour enlever des gens et les emmener dans leurs grottes. Les trolls tuaient ensuite leurs victimes ou les gardaient prisonnières jusqu'à ce qu'elles deviennent folles.

On trouve également des trolls malfaisants dans la mythologie viking. Quand Odin et ses frères eurent assassiné le géant Ymir, le cadavre pourrissant de ce dernier se mit à grouiller d'asticots noirs et blancs. Les dieux appelèrent alors les vers à sortir de la charogne et leur donnèrent une forme et une intelligence. Des noirs, par nature traîtres et rusés, ils firent des trolls. Et parce qu'ils étaient nés de la chair d'Ymir, qui avait également servi à créer la terre, les dieux décrétèrent qu'ils demeureraient liés au sol et au rocher. C'est pourquoi les trolls furent condamnés à vivre sous terre et, s'ils s'égaraient à sortir à la lumière du jour, à se changer en pierre en châtiment de leur offense. Selon la "Prédiction de la voyante" de l'*Edda poétique*, par contre, les trolls appartiennent au clan du loup Fenrir. La triade loup-troll-homme est, à ce propos, extrêmement intéressante, et éclaire le mythe du loup-garou.

Il existe par ailleurs dans la tradition finlandaise des trolls bienveillants et inoffensifs, qui ont vécu en si bonne entente avec les hommes que l'on rapporte qu'ils se sont unis par le mariage à certaines familles, nommément désignées. Il y a aussi beaucoup d'histoires de filles ayant donné des enfants à des trolls, ou de jeunes gens se cherchant une épouse parmi eux, à la manière des accouplements entre hommes et bêtes de la mythologie grecque.

On connaît jusqu'en Chine et chez les Indiens d'Amérique du Nord des histoires de "changelins", c'est-à-dire d'enfants trolls échangés contre des bébés humains. L'aire de répartition du troll, en tant qu'espèce, ne s'est certes jamais étendue au-delà du détroit de Béring, mais on peut penser que ces contes ont été transmis aux Amérindiens par leurs ancêtres venus en Alaska de la presqu'île des Tchouktches (cf. par ex. en Alaska l'*alascattalo*, monstre issu du croisement d'un orignal et d'un morse, que l'on peut étymologiquement rapprocher du *staalo* lapon et qui est vraisemblablement une variante du mythe du troll). On peut donc dire que le troll occupe depuis des millénaires une position symbolique tout à fait particulière dans l'imaginaire des peuplades nordiques.

ANGE

Il me regarde comme un chiot, mais dans ses yeux orangés couve la braise.

Il est pelotonné en rond. Je m'approche doucement du lit, en retenant mon souffle, je m'assieds à côté de lui et je contemple ses minces flancs noirs qui se soulèvent, son corps affaibli mais ferme. Soudain sa patte se tend. Ses longs doigts agiles et ses terribles griffes s'approchent et je manque reculer ma main, mais je me retiens, je la laisse là, et sa patte s'enroule fugitivement autour de mon poignet, sa petite paume chaude me touche, un bref instant, et les larmes me montent aux yeux.

Cela fait trois jours qu'il est là, et il n'a toujours rien mangé.

Poèmes anciens du peuple finnois, 1933, VII, III, 3410, Kitee, incantation de Repo-Matti Väkeväinen

Si le Seigneur ne promet point,
Le Créateur ne consent point,
Le vieux dans le mont donnera,
Celui sous le roc permettra !

ANGE

Le docteur Spiderman a parlé de nids. J'ai donné au troll des œufs de poule crus, d'abord cassés dans un bol, puis avec leur coquille, mais il n'en a voulu sous aucune forme. Je suis allé acheter chez Stockmann des œufs de caille qui ont paru l'intéresser un peu plus, mais peut-être leur couleur, leurs mouchetures ou leur taille lui rappelaient-elles seulement quelque chose, et il n'y a pas non plus goûté.

Je jette un coup d'œil vers le lit, vers ce petit être noir à la fois inquiet, épuisé et de toute évidence douloureusement affamé. Je ne peux pas le laisser sortir, dehors l'attendent des hordes chaussées de bottes à bout ferré qui s'éclatent à arroser d'essence les SDF, à jeter les chats du haut des toits et à tabasser les pédés. Et si je parle de lui à qui que ce soit, je le perdrai tout aussi sûrement.

L'odeur de baies de genévrier me chatouille les narines. Ses propres congénères n'ont pas voulu de lui. Il était de trop, un poids mort, un fardeau. Ils ont abandonné cette svelte et souple créature que l'on pourrait immortaliser dans du marbre noir.

Je retourne sur les maudites autoroutes de l'information. Sur le tentaculaire asphalte électronique, d'où aucun sentier ne s'écarte dans la direction qu'il faudrait : la forêt.

Machinalement, je fais glisser le curseur sur le lien de Zoonet avec le *Kalevala* et je clique. Je n'ai plus ensuite qu'à lancer le moteur de recherche du site kalévaléen et à attendre que la machine me sorte toutes les mentions de trolls, ogres, gobelins et autres créatures d'enfer. Il y en a tant qu'on veut, à commencer par le chant XIII, quand Lemminkäinen poursuit à skis l'élan de Hiisi, qui s'enfuit en renversant les marmites devant les tentes des Lapons. Je passe ensuite aux conseils à la fiancée, où la pauvrette se plaint de son promis, et je ne peux m'empêcher de penser à la petite Philippine du premier.

J'aurais pourtant bien mérité
de me trouver en meilleur lieu,
dans de beaucoup plus grands courtils
et sur de plus vastes planchers,
avec un meilleur compagnon,
un bon mari plus florissant ;
je me suis liée à ce lourdaud,
accordée à ce gros balourd :
de la corneille il tient son corps,
il a pris son nez au corbeau,
sa bouche à l'insatiable loup,
à l'ogre des bois sa tignasse
et toute son allure à l'ours.

C'est tout pour les ogres. Je n'espère d'ailleurs pas trouver dans le *Kalevala* de conseils pour nourrir les trolls, mais le rythme des octosyllabes est étonnamment envoûtant. On ne peut plus à propos, le gobelin suivant apparaît quand Väinämöinen empoigne sa cithare.

Il n'y eut pas dans la forêt
un animal à quatre pattes,
un gambadeur cabriolant,

qui n'accourût pour écouter,
pour s'ébaudir de cette joie.
Les écureuils se faufilèrent
de ramillon en ramillon,
Les herminettes se remuèrent,
vinrent se percher sur les haies.
Dans la lande l'élan bondit,
le lynx à sa joie donna cours.
Le loup s'éveilla au marais,
le gobelin au creux du roc,
de la bruyère surgit l'ours,
hors la broussaille de son gîte,
hors les fourrés des sapinières.

Suffit pour le *Kalevala*. Le moteur de recherche propose des liens à droite et à gauche, vers la biologie, la mythologie, des contes et des légendes par centaines, si ce n'est par milliers. Mais rien de concret. Je dois aller voir ailleurs.

Je suis déjà sorti un certain nombre de fois de l'appartement et je l'ai toujours retrouvé, le cœur déchiré, au même endroit du lit, quasiment dans la même position, à peine capable de soulever la tête.

YRJÖ KOKKO, *Pessi et Illusia*, 1944

"Hein ?" s'étonna le pic noir en baissant les yeux vers le sol. Il aperçut une créature haute comme la main, d'apparence humaine mais dotée d'une épaisse fourrure brune, avec des touffes de poils aux oreilles, comme les écureuils, et une amusante petite queue de lapin. La créature le fixait d'un regard vif et joyeux. Ses yeux semblaient bien un peu petits, mais cela venait sans doute de son gros nez, qui surplombait une grande bouche dont le large sourire découvrait de jolies dents d'une blancheur de perle. Ses mains et ses pieds, aussi, paraissaient plutôt grands, sa fourrure était tout emmêlée et de longs cheveux lui tombaient sur la nuque. Visiblement, il s'agissait d'un petit troll des bois émergeant de son sommeil d'hiver, d'un aimable farfadet de conte de fées – sans aucun lien de parenté, sauf peut-être un très lointain cousinage, avec les grands carnassiers noirs qui guettaient leurs proies, l'été, dans les rocailles de Laponie.

ANGE

Je repose le livre pour enfants sur la table de la salle de lecture de la bibliothèque. D'après sa description, Yrjö Kokko n'avait jamais vu de photo de véritable troll. Mais à en croire la pile d'ouvrages que j'ai glanée en lançant une recherche sur le mot TROLL, ça n'a rien d'étonnant : les observations de ces animaux sont restées extrêmement rares, et les clichés encore plus, jusqu'à la fin des années soixante-dix, quand la mode des boîtiers à entraînement automatique et des semaines passées à l'affût dans une hutte, avec une charogne pour appât, a commencé à se généraliser. Les trolls n'étaient guère chassés, jadis, du fait de leur chair immangeable et de la puanteur de leur cadavre. On sait cependant que leur fourrure d'hiver a fait l'objet d'un certain commerce : les Russes ont parfois pratiqué la chasse à la trappe, à l'automne, mais l'activité n'était guère rentable. Les trolls ne tombent pratiquement jamais dans les pièges et il est presque impossible de tirer au fusil ces animaux nocturnes, silencieux et rapides. On a aussi essayé des chiens, mais sans grand succès : les trolls les égaraient sans peine ou, s'il leur arrivait de se laisser rejoindre, les déchiquetaient avec une rage de kamikaze. Le "trollier" obtenu par des éleveurs russes, au tempérament proche de celui du bull-terrier, reste cependant une race reconnue. Elle dérive du chien d'ours de Carélie, agrémenté, dit-on, d'une bonne pincée de loup et de husky. Le "trollier" (officiellement appelé, paraît-il, chien de recherche au sang du Ladoga – Seigneur Dieu !) n'est cependant plus utilisé pour la chasse depuis longtemps.

Tenter de prendre les trolls au gîte en hiver, comme les ours, n'a jamais non plus été une technique efficace, car ils choisissent pour se retirer des cavités si inaccessibles qu'il est le plus souvent totalement vain d'espérer repérer les auréoles de neige fondue entourant leurs trous d'aération. Leur élimination ne se justifiait pas non plus par une éventuelle concurrence avec l'homme en matière de gibier : l'hiver, les trolls étaient totalement hors course et, l'été, plus intéressés par les lemmings que par les élans. Une prime avait certes été versée pendant quelques années pour leur destruction, après que les Lapons s'étaient plaints que les gloutons et les *staalo* taxaient plus lourdement leurs troupeaux de rennes qu'aucun collecteur d'impôts, mais ensuite les amis des animaux et autres protecteurs de la nature s'y étaient opposés.

Je plonge de plus en plus loin dans les profondeurs de la science : quelques marchands de la Hanse connaissaient le *Spukenfell*, autrement dit la "peau de spouk", objet rare et précieux, aussi mythique que les momies de sirène ou les cornes de licorne. Au début du XXe siècle, en Russie, quelques trolls furent aussi pris au piège, et la dépouille d'un mâle adulte, avec son épais pelage d'hiver noir et soyeux, était paraît-il magnifique à voir. On pouvait même admirer devant la cheminée de la datcha d'un membre du Politburo une "peau de spouk" entière avec la tête. J'en suis malade.

Je relis la description du troll de Kokko. Elle n'est pas si fausse, tout compte fait, à part la taille ; bien sûr, la fourrure brune est en réalité noir d'encre, il n'y a pas la moindre touffe de poils aux oreilles et l'"amusante petite queue" – quelle condescendance, mon Dieu – est un serpent terminé en pinceau, un fouet cinglant, une vibrante antenne accordée aux humeurs. Un gros nez, hum, peut-être plus tard, quand le museau se sera allongé. La bouche n'est pas non plus particulièrement grande, et quand elle s'étire en un "large sourire", on découvre certes des dents d'une blancheur de perle, peut-être jolies, mais surtout tranchantes et en lame de scie, avec des canines comme des poignards turcs. Les mains – les pattes antérieures – et les pieds sont effectivement grands par rapport au corps, un peu comme les extrémités du lynx. Il arrive aussi que la fourrure soit emmêlée, mais les "cheveux" de la nuque sont en réalité une fantastique crinière noire, comme si le styliste responsable du look de Tina Turner avait exercé ses talents dans la forêt.

Je continue de feuilleter *Pessi et Illusia*. Les animaux et les plantes bavardent entre eux comme si de rien n'était, puis apparaît une petite fille, tout sucre tout miel, aux grands yeux bleus incroyablement clairs et aux cheveux blancs et bouclés comme un nuage de beau temps. Une elfe.

Le troll et l'elfe se présentent, ils s'appellent Pessi et Illusia, ce qui n'était pas difficile à deviner d'après le titre du bouquin ; l'un est de la famille des Pessimistes et l'autre des Illusionnistes, voilà qui est futé. Mais tous deux sont affublés de diminutifs à cause de leur petite taille, et Illusia en conclut qu'ils sont camarades d'infortune…

Je referme le livre. Les pensées tourbillonnent dans mon esprit.

Qu'est-il pour moi ?

Un protégé, un peu comme un pigeon à l'aile cassée ? Ou un animal de compagnie exotique ? Ou une sorte d'invité aux mœurs un peu étranges mais plein de séduction, qui s'attarde quelque temps et partira le moment venu ?

Ou autre chose encore ?

Je me pose la question, mais je n'ai pas la réponse.

Je tends la main et j'empoigne l'ouvrage suivant.

BRUCE CHATWIN, *Le Chant des pistes*, 1987, traduit de l'anglais par Jacques Chabert

Les ancêtres de l'homme furent des "généralistes", des créatures résistantes et débrouillardes qui, pendant la période qui a correspondu à celle de l'impala, ont dû se sortir de bien des situations embarrassantes sans avoir à se diviser en plusieurs espèces à tout moment. Il s'ensuit que, dans l'histoire des hominidés, tout changement structurel majeur s'explique par une terrible pression extérieure.

Depuis la fin du Miocène, on n'a constaté en fait que deux "bonds en avant" principaux, espacés l'un de l'autre de quelque quatre millions d'années – le premier est associé à l'australopithèque, le second à l'homme :

1. La transformation du bassin et du pied : le singe forestier évoluant de branche en branche cède la place au marcheur de plaine ; au quadrupède qui se déplaçait sur les mains succède le bipède dont les mains sont libres pour d'autres actions.

2. Le développement rapide du cerveau.

ANGE

Il se dresse, telle une nuée d'orage aux lignes fluides, dans une vitrine du muséum situé au rez-de-chaussée de la bibliothèque. Au fil des ans passés dans sa cage de verre, sa fourrure a perdu beaucoup de son éclat de jais. Afin de lui tenir compagnie et d'évoquer son milieu naturel, on a placé à ses côtés divers branchages, des lichens et des pierres en polystyrène défraîchies. Il a été naturalisé en position debout, légèrement voûté, et les longs doigts agiles de ses membres antérieurs tendus vers la vitre font que l'on a un involontaire mouvement de recul en le découvrant. Il grimace, babines retroussées, et ses dents d'un gabarit impressionnant sont jaune foncé – peut-être parce qu'elles ont été conservées si longtemps. Je note que le taxidermiste était mal renseigné sur les yeux des trolls : il a utilisé de petites billes de verre marron qui conviendraient peut-être à un ours mais donnent au carnivore supposé sauvage et dangereux un émouvant air perdu, et n'ont rien à voir avec la réalité, avec ces grands yeux de feu en amande à l'étroit iris vertical. Je presse mes mains, mon nez et mes lèvres contre le verre, qui s'embue autour de ma bouche quand je murmure : "Aide-moi."

BRUCE CHATWIN, *Le Chant des pistes*, 1987, traduit de l'anglais par Jacques Chabert

Il y a environ dix millions d'années, notre ancêtre hypothétique, le singe du Miocène, devait vivre sous les hautes frondaisons de la jungle tropicale qui couvrait alors la plus grande partie de l'Afrique.

Comme le chimpanzé et le gorille, il devait probablement changer de lieu de repos tout en limitant prudemment ses déplacements aux quelques kilomètres carrés de son territoire où il trouvait toujours de quoi manger, où la pluie tombait en rigoles le long des troncs, où le soleil éclaboussait parcimonieusement les feuilles et où il pouvait, en se balançant de branche en branche, échapper aux dangers qui rôdaient au ras du sol.

A la fin du Miocène, cependant, la taille des arbres commença à se réduire. Pour des raisons encore imparfaitement connues, il semble que la mer Méditerranée ait absorbé environ six pour cent de tout le sel océanique du monde. Cette baisse de la salinité entraîna la glaciation des mers autour de l'Antarctique. L'étendue de la banquise doubla. Le niveau de la mer s'abaissa et la Méditerranée, coupée de l'Océan par un isthme à

Gibraltar, devint un vaste lac salé soumis à l'évaporation.

En Afrique, la forêt tropicale se réduisit à quelques zones isolées, là où l'on trouve actuellement les singes arboricoles, alors que, sur toute la partie orientale du continent, s'étendit une "savane mosaïque", pays d'arbres clairsemés et d'herbe, où alternaient la saison sèche et la saison des pluies, l'abondance et la disette, les inondations et les lacs de boue séchée. Tel était le biotope de l'australopithèque.

En Asie du Sud-Est, son très lointain parent le félipithèque, apparu dans la forêt dense, connut un sort identique. Contraint d'abandonner la cime des arbres, il dut lui aussi s'adapter à un nouvel environnement. En quête d'une nourriture devenue rare, il migra vers d'autres habitats, d'abord dans les plaines d'Asie orientale, puis dans la taïga sibérienne.

Tant l'australopithèque que le félipithèque étaient des animaux qui marchaient et qui probablement portaient des charges. La bipédie, qui s'est accompagnée du développement du muscle deltoïde, semble présupposer le transport de poids – vraisemblablement la nourriture et les enfants – d'un point à l'autre. Cependant leurs larges épaules, leurs longs bras et leurs orteils accessoirement préhensiles font penser que, dans leur forme "archaïque" tout du moins, ils passaient encore une partie de leur temps, ou trouvaient refuge, dans les arbres.

PALOMITA

L'escalier est une grande oreille dans laquelle le dring dring dring s'amenuise avant de disparaître. Je suis à la porte de Mikael, mais il n'est pas là. J'ai fait attention qu'il soit la même heure que quand je l'ai rencontré la dernière fois, et pourtant il n'est pas chez lui. Je n'ai pas pu voir par l'œil de la porte s'il était rentré, parce que j'ai dû faire le ménage et beaucoup de lessive et que le bruit de la machine à laver noie les pas dans l'escalier.

Mais voilà qu'un bruit venu du dessous me fait me retourner, et mon cœur se met à palpiter, de peur ou de vain espoir, je ne sais. La dame aimable et volubile de l'appartement en face du nôtre monte l'escalier, bien qu'elle n'habite pas à cet étage. Je tiendrais dans une jambe de son pantalon. Pentti est allé la chercher une fois pour ouvrir notre porte, il avait perdu son manteau et ses clefs qui étaient dans sa poche. Elle est toujours vêtue du même tailleur-pantalon cousu de gros carreaux rembourrés, et de grands anneaux se balancent à ses oreilles. Elle me demande ce que je veux à Mikael, en inclinant la tête avec un sourire, comme si elle voulait paraître très prévenante, mais en même temps sa question est un peu agacée.

Mikael est venu glisser par notre fente à courrier un magazine espagnol en couleurs, neuf et coûteux. Heureusement, Pentti n'était pas là quand il l'a déposé. Une petite carte était fixée à la couverture par un trombone, avec, écrit en anglais et dans un espagnol comique, "Merci de votre aide", et c'était signé "Mikael". Mikael, pas Miguel. Il a certainement cru que je connaissais bien l'espagnol, alors que je ne suis capable d'en lire que quelques mots. Presque plus personne ne le parle, aux Philippines. Je ne sais d'ailleurs pas plus lire l'anglais. Mais les photos du magazine sont belles et brillantes.

Je ne dis bien sûr rien de tout ça à la dame, je lui montre juste la boîte de pâtée pour chats et la porte. La boîte est trop grosse pour la fente à courrier. Je l'ai enveloppée dans un papier sur lequel il est écrit en anglais "Pour votre chat, merci pour le magazine, Palomita" et je l'ai entourée d'un élastique. La dame se penche vers moi telle une montagne à carreaux. Elle parle en finnois, très lentement et en tordant la bouche pour articuler chaque mot. Je comprends qu'elle me dit de revenir une autre fois, à moins que je ne veuille qu'elle s'occupe de remettre le paquet à son destinataire. Elle tend sa main boudinée de bagues. Je secoue la tête, je ne veux pas m'en séparer. Il m'a fallu longtemps pour réunir l'argent nécessaire à son achat.

J'ai caché le magazine dans le panier à linge. Pentti n'y touche jamais.

La dame s'en va en m'adressant un clin d'œil bienveillant. Je me dépêche de rentrer. Je dois aussi cacher la boîte de pâtée pour chats jusqu'à ce qu'une nouvelle occasion se présente.

ANGE

Je ne sais pas ce que j'espérais trouver à la bibliothèque. Un bel ouvrage pratique à la jaquette en papier glacé, intitulé *Comment nourrir vos animaux sauvages* ? Avec dans l'index, par ordre alphabétique : glouton, lynx, martre, ours, putois, et voilà, troll. Et ensuite, je n'aurais plus eu qu'à faire un tour au supermarché.

Je retourne vérifier sur l'ordinateur de la bibliothèque que je n'ai rien oublié. Une référence m'intrigue : la discothèque pour enfants ? Je soupire et je clique pour avoir plus d'informations. Et elles sont là, la musique et les paroles.

Quand je vois la partition, l'air se met aussitôt à jouer dans ma tête. Je le connais par cœur, comme tout le monde, mais je ne l'avais jamais *écouté*. Pas avant cet instant, où je laisse l'obsédante ritournelle tourner dans ma cervelle à la manière d'un automate.

Voudrais-tu de Mörri-Mimi s'il se laissait attraper ?
Bien au chaud dans un petit panier d'osier
tu le mettrais pour l'emporter.

Ti ta ti ta tilitalitita les criquets chantent dans les prés.
Quand le soleil brille les petits trolls
au fond de leur nid restent cachés…

Mon cœur bat follement au rythme de l'exaspérant refrain, tandis que le morceau continue de sautiller gaiement.

Mais jamais maman chez nous d'un bébé troll
ne voudra.
A ce compte-là autant avoir chez soi
un serpent ou un rat !

Ti ta ti ta tilitalitita…

La musique dans mon cerveau cesse d'un coup. Je me rends compte que je pense à un serpent ou un rat, *un serpent ou un rat, un serpent ou un rat…* et dans cette paire de mots qui a quelque chose de familier, quelque chose d'indissociable, il y a, en un sens… la solution.

SELMA LAGERLÖF, "L'Echange", *Des trolls et des hommes*, 1915, traduit du suédois par Marc de Gouvenain et Lena Grumbach

"Je ne sais pas comment nourrir ce marmot, dit la femme un matin à son mari. Il refuse de manger ce que je lui propose.

— Rien d'étonnant à cela, dit l'homme. N'as-tu pas entendu dire que les trolls ne mangent que des grenouilles et des souris ?

— Tu ne vas tout de même pas me demander de descendre à l'étang pour lui trouver de quoi manger ? dit la femme.

— Non, ça, je ne te le demande pas, dit l'homme. Je trouve que ce serait tant mieux s'il mourait de faim."

ANGE

J'entre dans la boutique. Une petite sonnette tinte. La porte se referme.

Je dis bonjour. J'en montre un du doigt. Le vendeur pose des questions que j'entends à peine, je secoue la tête, ça m'est égal, peu importe. Il hausse les sourcils. Peu importe ?

Il commence à empiler produits et accessoires, j'en aurai de toute façon besoin, il me faudra ceci et cela. Je me défends sans conviction, je prends la boîte et je fourre un billet de banque dans la main du vendeur, qui me rend la monnaie et un ticket de caisse.

La petite sonnette tinte.

C. B. GAUNITZ et BO ROSEN, *Le Livre des animaux. Les Vertébrés*, 1962

Les prédateurs doivent savoir mordre et utiliser leurs griffes. Ils doivent aussi être rapides, rusés et infiniment patients.

Le renard est connu pour ses habiles méthodes de chasse, le loup pour son infatigable obstination – il peut poursuivre sa proie sur des dizaines de kilomètres. Le lynx est capable de faire le guet pendant des heures sans jamais se lasser, le troll se déplace plus silencieusement qu'une ombre et la loutre est une nageuse hors pair, adroite et rapide.

Plus l'animal est exclusivement carnivore, plus ses dents carnassières sont tranchantes et plus il est tenace de nature. La belette est d'une curiosité qui peut faire sourire, mais sa détermination est telle qu'elle n'hésite pas à s'attaquer à plus gros qu'elle, et même à l'homme, pour peu que son nid soit menacé.

Le blaireau et l'ours brun sont fines gueules : seuls leur conviennent les meilleurs morceaux, végétaux ou animaux ; en véritables gourmets, ils ont une prédilection pour les mets au goût prononcé, dont la viande faisandée. Le mystérieux troll ne dédaigne pas non plus toujours les charognes, bien qu'il soit en général plus exigeant dans le choix de sa nourriture.

ANGE

J'ouvre la boîte et je lâche le cochon d'Inde sur le plancher.

Je ferme les yeux – je n'arrive pas à croire à ce que je suis en train de faire. Le cochon d'Inde est doux, soyeux et chaud, son nez rose frémit et ses moustaches vibrent. Il est blanc avec des taches fauves. A vrai dire, il est sacrément mignon.

Mignon à croquer.

MARTES

La sonnerie du téléphone insiste à n'en plus finir avant que Mikael réponde. Quand enfin il décroche, il a le souffle court, déglutit et se racle la gorge.

"Tu étais en train de dégueuler ? dis-je d'un ton badin.

— Qui est à l'appareil ?" L'affolement perce dans sa voix.

"Martti.

— Martes." C'est à peine un murmure. Il ne pensait pas que je l'appellerais. Il ne dit ni merci ni pardon pour la dernière fois, c'est bon signe, il préfère ne plus y penser. Je me suis torturé la cervelle pour essayer de trouver quelqu'un d'autre que lui à contacter dans cette affaire, mais en vain.

Je déteste avoir besoin de quelqu'un.

Et je déteste encore plus avoir besoin de quelqu'un à qui je pensais ne plus jamais adresser la parole. Le fait que lui aussi ait besoin de moi, que mon message soit important pour lui, réduit cependant un peu la crainte qui me taraude de le voir se méprendre sur le sens de mon coup de fil. Je prends instinctivement du recul, j'éloigne l'appât.

“Je te dérange ? Tu as l’air pressé. Je peux rappeler plus tard.

— Non, non, c’est bon. Je t’écoute.”

J’entends en arrière-fond de curieux bruits, des heurts et de brefs craquements au rythme décousu.

“J’ai peut-être un projet pour toi. Où en es-tu, question boulot ?”

Un violent crissement, comme si quelqu’un griffait le parquet ou le papier peint avec une fourchette en métal. Un choc sourd. Un autre.

“Deux assez gros trucs à terminer cette semaine, après j’ai un peu de place dans mon planning. Pourquoi ?”

Deux coups de griffe rapides comme l’éclair.

“Tu pourrais passer, en début de semaine prochaine ?

— Dès lundi si tu veux. A quelle heure est-ce que…”

Un grincement, un choc sourd, un couinement aigu, et la phrase de Mikael s’interrompt dans un hoquet de peur.

“Tu peux me *dire* ce qui se passe chez toi ?”

Mikael prend une ou deux grandes inspirations. “J’étais en train de regarder… une cassette, un… un film expérimental. Il y a des effets assez rudes.

— Ah oui ? Quel genre de film ?

— Eh bien disons… gore.”

ANGE

Quand je rentre à la maison avec une nouvelle pile de livres, dans l'euphorie de ce rendez-vous si proche, si proche, la première chose sur laquelle je marche est une crotte de troll. Que personne n'ose encore se plaindre devant moi de ses déprimants retours à la maison, avec les enfants qui ont fait des caramels mous et n'ont pas rangé la cuisine ou le mari qui ronfle ivre mort sur le canapé – aucun d'eux n'a eu à buter sur de la merde de troll dans son propre vestibule. Le caca a bien sûr été soigneusement caché sous le paillasson, et mon pied l'écrase à la fois sur le parquet et sur le tapis.

Pour une fois, il n'est pas couché sur mon lit mais occupé à secouer paresseusement sur le plancher la souris en caoutchouc que je lui ai achetée et dont il ne reste déjà plus qu'un tronc grisâtre. Il n'est certainement plus affamé, mais il continue d'avoir l'œil terne et l'air abattu. Je sais bien sûr qu'il est passif dans la journée, mais il ne bouge guère la nuit non plus.

Quelle idée de lui donner de la nourriture solide, me glisse une voix intérieure perfide tandis que je vais chercher la pelle à poussière et l'essuie-tout et que je m'efforce de ne pas respirer par le nez en ramassant les crottes. Je fais ce que je peux pour ne pas les regarder, car je sais ce qu'elles contiennent ; je ne veux pas voir les petits os ni les touffes de poils blanc et roux.

Je retourne dans le séjour et mon ton est authentiquement furieux. "Qui a fait caca par terre ?"

Le troll me lance un bref regard, puis détourne la tête d'un air indifférent ; sa souris en caoutchouc l'intéresse bien davantage. J'ai acheté de la litière pour chats que j'ai mise dans une caisse dans un coin de la salle de bains, mais il ne l'a même pas essayée. Pour une raison ou une autre, peut-être parce que c'est là qu'il s'est soulagé pour la toute première fois et qu'il considère avoir ainsi marqué l'endroit, il fait pipi sur le carrelage, où les flaques sont faciles à rincer et à évacuer par le siphon de sol. Mais la merde d'ogre est un casse-tête qui dépasse mes compétences.

"Qu'est-ce que je vais faire de toi, Pessi ?" dis-je à mi-voix, et il me faut quelques dizaines de secondes pour me rendre compte que je viens de lui donner un nom.

"Le Troll et l'Ours", *Contes du folklore des Lapons d'Inari*, recueillis et publiés par A. V. Koskimies et T. Itkonen, mémoires de la Société finno-ougrienne, XL, 1917

Un troll rencontra un jour dans la forêt un ours occupé à se creuser une tanière pour l'hiver. Il lui demanda : "Que fais-tu donc là ?" L'ours répondit : "Je fuis l'homme." Le troll : "Je ne crois pas qu'il se trouve d'homme que je puisse craindre." L'ours : "L'homme est à craindre quand il est armé. Va donc cheminer sur la grand-route, tu y trouveras assurément un homme pour t'inspirer de la peur." Le troll s'en alla cheminer sur la route. Il rencontra bientôt un jeune garçon. Il lui demanda : "Es-tu un homme ?" Le garçon répondit : "Non, je ne suis qu'un petit bout d'homme." Le troll le laissa là et reprit son chemin. Un peu plus loin, il croisa un vieillard. Il lui demanda : "Et toi, es-tu un homme ?" Le vieux répondit : "Non. J'en ai été un, mais je ne le suis plus." Le troll le laissa là et poursuivit sa route. Il marcha et marcha, jusqu'à ce qu'il voie arriver un soldat à cheval. Le troll lui demanda : "Et toi, es-tu enfin un homme ?" Le soldat répondit : "Homme tu m'as appelé et homme je suis." Alors le troll sortit ses griffes et se prépara à bondir sur lui. Mais le soldat saisit son fusil et tira. La balle frôla la queue du troll de si près que tous ses poils tombèrent ; il ne resta qu'une touffe au bout. Le troll tourna alors la tête pour mordre le soldat, mais celui-ci dégaina son épée et lui fendit les yeux du haut en bas de deux estafilades. Le troll fut obligé de s'enfuir et reprit en courant la route par laquelle il était venu, jusque dans la forêt où il retrouva l'ours, qui lui demanda : "Me crois-tu, à présent, quand je dis qu'il faut craindre l'homme ?" Le troll fut convaincu et se construisit lui aussi un antre pour l'hiver. Et c'est ce qu'il fait depuis, chaque année.

ANGE

Le zoologiste avec qui je m'entretiens au téléphone m'a cru quand je lui ai dit que j'étais journaliste et que j'écrivais un article sur le dressage des animaux. Il en a conclu de son propre chef que j'avais l'intention de traiter de l'éthique du cirque – brillante hypothèse, que je n'aurais jamais eu moi-même l'idée de lui servir comme alibi – et il a maintenant fait le tour des éléphants, des ours et des otaries.

"On voit aussi souvent des lions et des tigres dressés, dis-je pour l'aiguiller sur la bonne voie. Et les animaux sauvages de nos latitudes ? Peut-on à votre avis enseigner quelque chose à un loup ou à… un troll, par exemple ?" Je pose la question rapidement, comme en passant.

Le vieux hibou se lance dans un long exposé dont je retiens surtout que les loups sont assez bons élèves, parce que ce sont des animaux grégaires – un certain Grzimek, dont il m'épelle le nom avec une épuisante minutie, a même fait je ne sais quelles recherches sur la question –, et qu'ils obéissent donc à celui qui détient l'autorité, quand bien même ce serait un homme. En ce qui concerne des fauves comme les lions et les tigres, il en va autrement, les félins sont en général extrêmement indépendants et ne font rien sans récompense immédiate. Tout dépend donc en réalité de l'organisation sociale de l'espèce.

"L'organisation sociale ?" Ma question est exagérément appuyée, comme celle d'un mauvais acteur.

"Nous en savons très peu, au sujet des trolls. Selon certaines théories, ils vivraient en petits groupes, un peu comme les lions, et auraient un comportement relativement hiérarchique. Le tigre, à l'inverse, est un animal territorial qui chasse seul et ne supporte pas la présence de ses congénères. Il est bien sûr aussi possible que les trolls soient organisés à la manière des chimpanzés, avec un système de mâle dominant, autrement dit en une société relativement lâche, dirigée par exemple par l'individu le plus grand. Ce dernier dispose dans ce cas de différentes prérogatives, notamment en matière d'accouplement avec les femelles du groupe. Mais cette hypothèse repose uniquement sur le fait que la convergence avec les primates pourrait aussi exister à d'autres niveaux que l'aspect physique…"

Je n'ai pas appris grand-chose, quand la voix qui pérore se réveille soudain.

"Mais les meilleurs résultats sont bien sûr toujours obtenus quand on éduque l'animal à partir de son plus jeune âge. Des récompenses et des punitions, judicieusement dosées… Je me rappelle avoir entendu parler d'un troll savant que l'on exhibait dans les foires, un peu avant la guerre, sans doute celui qui est aujourd'hui exposé au Muséum d'histoire naturelle de Tampere…"

Je frissonne en pensant à l'animal empaillé défraîchi dans sa vitrine, à son total avilissement. Un troll savant.

“Les grands carnivores sont bien sûr aujourd’hui un sujet très à la mode, après ce qui s’est passé à Joensuu et Kuopio…”

Joensuu et Kuopio ? Je ne vois absolument pas de quoi il veut parler.

“Pour quelle publication m’avez-vous dit que vous écriviez ?” demande-t-il, mais j’ai déjà raccroché.

"L'automne des grands carnivores finlandais",
La Gazette du soir, 30 novembre 1999

Les habitants de Kuopio et de Joensuu, entre autres, s'inquiètent de la présence de plus en plus fréquente de prédateurs aux abords des villes. Quelques grands carnivores ont aussi été vus ces dernières semaines à proximité des zones urbaines du centre et du sud du pays. En plus des ours et des loups, déjà nombreux auparavant, les trolls s'approchent maintenant des agglomérations.

Il est d'ordinaire très rare de rencontrer des trolls dans notre pays, mais une demi-douzaine de témoins dignes de foi ont récemment rapporté en avoir vu, non loin de la frontière russe, dans des zones densément peuplées et parfois même à proximité immédiate d'habitations.

Le troll, qui est en général considéré comme un animal extrêmement farouche, cantonné dans les zones sylvestres et montagneuses inhabitées, semble étendre son territoire vers les villes. Selon certains spécialistes, il se pourrait qu'il y soit poussé par le manque de nourriture. Il a d'ailleurs été conseillé aux personnes habitant au voisinage de vastes forêts de fermer soigneusement toutes leurs poubelles et de garder attachés les petits animaux domestiques. Le troll n'attaque pas l'homme, d'habitude, et la population ne devrait donc courir aucun danger. Il s'agit en outre d'un animal nocturne, et l'on ne risque donc de le rencontrer que tôt le matin ou tard le soir.

Les animaux domestiques manifestent des signes d'inquiétude

"Mon chien-loup s'est mis à hurler comme un fou. Je n'avais jamais entendu ça. Je suis sorti dans le jardin pour essayer de le calmer, mais il n'a rien voulu savoir", explique RISTO HUTTULA, de Kuopio.

M. Huttula a ensuite vu deux bipèdes, noirs comme la suie, longer les champs en courant. Le chien les avait visiblement flairés dans le vent avant qu'ils se montrent. Des chasseurs ont essayé de les pister mais, en l'absence presque totale de neige, il n'a pas été possible de déterminer avec certitude s'il s'agissait de trolls n'ayant pas encore pris leurs quartiers d'hiver ou de rôdeurs se dissimulant pour une raison ou une autre dans la forêt.

Le bouvier bernois des voisins de M. Huttula avait aussi geint et tourné en rond toute la nuit, mais au matin il a refusé de se lancer sur les traces des bêtes, malgré toutes les exhortations.

Selon le professeur Pulliainen, les "carnivores urbains" ne sont pas dangereux

Le professeur ERKKI PULLIAINEN, spécialiste des carnivores, estime que le phénomène est transitoire et qu'il n'y a pas lieu de s'inquiéter.

"La situation reviendra certainement plus ou moins à la normale quand les ours et les trolls se retireront pour dormir, avec les premières neiges. Les citadins, précise le professeur Pulliainen, ne risqueront plus alors de rencontrer que des loups, des gloutons et des lynx, qui fréquentent les abords des villes à la recherche de nourriture, mais vaquent tranquillement à leurs occupations sans chercher à déranger qui que ce soit."

M. Pulliainen n'est pas convaincu par la théorie de la pénurie de nourriture.

"Il est au contraire probable, explique-t-il, que les carnivores se rapprochent des agglomérations parce que certains petits animaux qu'ils chassent sont particulièrement nombreux dans ces zones. Les lynx, par exemple, se sont révélés être, au fil du temps, une espèce anthropophile. Il y en a depuis longtemps aux alentours de Helsinki, Turku et Tampere, où ils trouvent en abondance des proies telles que des lièvres et des cerfs de Virginie, ainsi qu'un milieu favorable, avec des taillis et des forêts de feuillus ou de conifères suffisamment denses pour leur servir d'abri."

Les populations locales vivent dans la peur

RIIKKA VESAISTO, agricultrice dans la région de Joensuu, ne partage absolument pas l'opinion du professeur Pulliainen. Les grands carnivores représentent d'après elle une menace concrète pour ses moutons, et même pour sa famille.

"Il y a deux semaines, en allant en classe, mon fils de sept ans a vu en chemin un «bonhomme noir» qui l'observait de derrière un sapin. Il a réussi à lui échapper en courant se réfugier dans la cour de l'école. Nous avons étudié ensemble un livre sur les animaux et nous avons vu qu'il s'agissait d'un troll. Qu'est-ce qu'on attend pour comprendre qu'un diable des bois adulte est un carnivore de deux mètres de haut capable de ne faire qu'une bouchée d'un enfant ?"

Le mari de Mme Vesaisto, ANTTI, est du même avis.

"Il faudrait réinstaurer la prime d'abattage. C'est bien beau de parler de protection de la nature, mais je voudrais voir la tête que fera cet écolo en pantoufles quand un loup ou un ogre aura tué un de ses gosses sur le chemin de l'école."

ANGE

Lundi. Demain nous sommes lundi.

Il aurait pu contacter quelqu'un d'autre. Je ne sais pas si je peux encore espérer quoi que ce soit, je n'ose plus faire un geste. Mais il m'a téléphoné, nom de Dieu.

Pessi a appris à se méfier du journal. Je ne l'ai encore jamais frappé, juste effleuré symboliquement, mais il a de toute évidence compris que mon quotidien roulé était un instrument de pouvoir. Depuis qu'il a peu à peu saisi que je n'appréciais pas la présence de caca de troll sous le paillasson de l'entrée, il fait ses besoins dans un coin de la salle de bains, dans la caisse que je garnis de dépliants publicitaires et d'autres vieux papiers découpés en lanières. Il n'accepte cependant de l'utiliser que si je la change tous les jours. J'ai essayé une litière parfumée pour chats mais, pour une raison ou une autre, il la déteste au plus haut point.

En plus du journal roulé, je me suis servi pour éduquer Pessi de gerbilles et de souris grises ; je lui en donne quand il se conduit en bon petit troll bien élevé, et les gerbilles sont loin d'être aussi coûteuses et salissantes que les cochons d'Inde ou les hamsters.

Bien qu'il se nourrisse régulièrement et chasse même souvent ses proies, il n'est toujours pas en parfaite santé. Je me demande si ces graines de délinquants ne lui ont pas malgré tout infligé des blessures. Se pourrait-il qu'il ait des fractures ou des hémorragies internes ? D'un autre côté, je le verrais à ses mouvements s'il souffrait des os ou des muscles. Il paraît simplement engourdi, léthargique, palpitant faiblement telle une bougie à demi éteinte.

Les rares fois où il remue, c'est un insaisissable vif-argent. Il semble défier la pesanteur, sa force musculaire est vertigineuse par rapport à sa taille. Il a des gestes d'huile, de soie.

Ses yeux brûlent tels des incendies de forêt dans la nuit.

II

IL SENTIT SON CŒUR S'EMBRASER

MARTES

"Calvin Klein ?" dis-je en me penchant vers Mikael, si près que mon nez touche presque ses cheveux. Le rouge envahit ses joues pâles. Il a visiblement mal dormi.

"Hein ?

— Ton after-shave. Tu as changé de marque."

Un peu comme *One* de Klein, Mikael sent les aiguilles de pin, le citron et les épices, et quelque chose en moi s'émeut. Mais quand il me regarde avec son air de chiot et essaie de trouver dans mes yeux quelque chose qui n'y est pas, il me tape aussitôt sur les nerfs. Je lui ai pourtant clairement fait comprendre, après ces quelques verres pris ensemble, qu'il se fourvoyait complètement. Mais là, j'ai besoin de lui, et c'est pour ça que je me penche sur lui pour le flairer doucement, comme un cheval hume un poulain effarouché. Il ne faut pas qu'il oublie à quel point il tient à me plaire.

"Oui, c'est tout nouveau, ils distribuaient des échantillons chez Stockmann. Je ne sais quoi. Un truc expérimental, paraît-il, pas sûr que ce soit jamais vraiment mis en vente…"

Il est si nerveux qu'une onde me traverse le bas-ventre.

"Enfin, je ne t'ai pas fait venir ici pour discuter de ton après-rasage. J'ai un boulot pour toi."

Je lui fais un bref topo. Un fabricant de jeans nous a mis en concurrence avec trois autres agences de pub pour sa nouvelle campagne. Il lance une ligne de futals baptisée Stalker et veut bien sûr en faire directement un produit-culte. Il doit s'imprimer instantanément dans la conscience des prescripteurs de tendances. La marque cherche un concept qui serait aussi frappant et original que celui de Diesel, et qui pénètre aussi profondément dans l'inconscient que les premières affiches conçues par Herbie Kastemaa pour MicMac. Mais dans un genre totalement inédit. Bien entendu.

"Tu as toujours été un de nos meilleurs photographes. Et ces derniers temps, tu as prouvé ce que tu étais capable de faire dans le domaine de l'infographie. Trouve-nous une idée.

— Une idée ?

— Je suis bien sûr déjà en train de mouiller ma chemise et de faire fumer mes cellules grises, avec quelques autres de nos créatifs. Mais on a besoin de tous les hémisphères cérébraux droits ou gauches disponibles. Un *stalker*, OK, c'est entre autres un fan, mais pas question d'utiliser Madonna ou d'autres conneries de ce genre, il nous faut un nouvel angle d'attaque. Je veux que tu me trouves quelque chose, un truc carrément destroy. Dans le genre : on arrose les Stalker d'essence, on les brûle sur la place Jan-Palach, à Prague, et la fumée qui monte inscrit le logo dans le ciel, avec comme slogan : *c'mon baby light my fire...* Enfin, tu vois. Aucune limite."

ANGE

"Je veux quelque chose qui percute", dit Martes, et je n'arrive pas à détacher mon regard de ses mains, qu'il serre sensuellement comme s'il étreignait deux mandrins. "Quelque chose de jamais vu, de sauvage."

Quand je lève les yeux, il se rend compte que je fixais ses mains et sourit, paupières plissées.

"Tu as l'imagination la plus délirante que je connaisse. Lâche-toi. Lâche-toi à fond."

Mikael hoche lentement la tête, et je tire de son coin un gros et lourd sac de sport.

“Tu as là-dedans huit paires de Stalker, un peu de toutes les tailles, et on peut en avoir plus si nécessaire. On a tout le temps qu’il faut, près de deux mois. Jusqu’à fin mars. Et si tu trouves une idée, je te garantis que tu toucheras le paquet. On parle en dizaines de mille, sur ce coup-là.”

Et si tu trouves une idée et qu’on obtient le marché, c’est une marge brute assurée d’un million et demi de marks pour nous. Mais ça, je ne le dis pas. Je jette le sac dans les bras de Mikael, qui manque tomber assis sous son poids. Il parvient à garder son équilibre en reculant de quelques pas.

“Notre avenir est entre tes mains. Tu sais sans doute comment on te surnomme, ici ?”

Mikael tient le sac à pleines poignes, et il lève vers moi un regard interrogateur.

Je baisse la voix pour murmurer :

“Michel-Ange.”

ANGE

Michel-Ange.

Je n'étais pas Michel-Ange quand nous nous sommes rencontrés pour la première fois, mais Studio Hartikainen.

Je le suis d'ailleurs toujours, Studio Hartikainen, photographe publicitaire et infographiste. Et lui, c'est Martti, Martes pour les intimes, le directeur artistique le plus en vue de la meilleure agence de publicité de la ville.

Je me souviens.

J'arrive à l'agence et je me présente, je montre mon press-book, je m'intègre dans une conversation sur les filtres d'effets et les banques d'images et il s'établit aussitôt, entre Martes et moi, une confiance simple et directe.

De la confiance, oui, et bien sûr de l'admiration réciproque, comme il peut en naître entre professionnels dont les métiers sont suffisamment proches pour qu'ils puissent se comprendre et s'apprécier, mais suffisamment différents pour ne pas convoiter les mêmes clients.

Je me souviens, Martes.

Je me souviens comment, aux briefings, tu cherchais mon regard derrière le dos de l'un ou l'autre de nos clients communs pour me faire des mimiques que nous seuls pouvions comprendre, au risque de me faire éclater de rire.

Je me souviens comment, quand nous concevions ensemble des visuels, nous étions d'une unanimité sidérante, et comme il suffisait que l'un prononce la moitié d'un mot pour que le regard de l'autre s'éclaire et qu'il lance : “Exact ! J'allais le dire !” Et nous nous tapions dans la main, et je me souviens de ton visage et de ton expression, et du col ouvert de ta chemise en jean.

Je me souviens d'avoir remarqué comment, quand nous étions seuls, tu me regardais par moments si attentivement que j'en perdais le souffle, et je me souviens comme nos regards se croisaient, assez longtemps pour m'obliger à me lancer dans je ne sais quelles explications, la voix rauque. Je lisais dans tes yeux, Martes, et je n'y voyais aucun mensonge. Aucun faux-semblant.

Je me souviens que tu me convoquais à l'agence, alors que les choses auraient pu se régler par téléphone. Tu m'invitais de temps à autre à boire une bière après le travail, nous parlions de tout et de rien, et nous avions du respect, et de l'estime, et de la sympathie l'un pour l'autre, nous riions des mêmes choses et nous étions, ô combien, sur la même longueur d'onde, au millihertz près. Et nous buvions peut-être quelques chopes de plus qu'il n'aurait été bon pour notre santé.

Je me souviens du contact de ton torse contre le mien, de ton érection au travers du tissu de ton pantalon tandis que nous nous tenions appuyés, dans l'obscurité de la nuit, au garde-fou métallique des rapides de Tammerkoski. Je sens encore ta bouche sur la mienne, Martes, son goût de tabac et de Guinness, le frôlement de ta moustache sur ma lèvre supérieure, et j'ai le vertige.

Martes, je me souviens, et je sais que ce n'était pas mon imagination.

PALOMITA

Dans le petit puits, il y a une récompense.

J'entends d'abord des pas, et j'espère, j'espère, j'espère si fort que j'en ai mal sur les côtés du cou. Il monte l'escalier dans l'œil de la porte, c'est une petite poupée qui marche à la surface de ma prunelle. Il coltine un gros sac sur l'épaule. Je me glisse tel un lézard dans la salle de bains. La boîte de nourriture pour chats est dans le panier à linge. Le ronflement de Pentti perce le mur de la chambre, comme si quelqu'un grattait un sac avec des ongles ébréchés. J'ai débranché le téléphone et caché le portable sur le canapé, sous un tas de coussins, pour que rien ne le réveille. A la troisième fois, il n'arrivait plus à bander et j'ai eu peur qu'il s'aperçoive que je faisais tout pour l'épuiser. Il m'a quelquefois battue, parce que c'est bien sûr de ma faute s'il ne bande pas, mais aujourd'hui, heureusement, il s'est contenté de grogner et de m'ordonner de le sucer, et j'ai réussi à si bien le pomper que je sais qu'il dormira comme un mort pendant au moins deux heures.

Mes mains doivent être de plume pour que le verrou ne se referme pas derrière moi. Je vole sans un bruit jusqu'au haut des marches. Sa porte est sur le point de l'avaler quand je prononce doucement son nom.

ANGE

“Mikael.”

J’entends quelqu’un souffler mon nom derrière moi dans l’escalier, et je me retourne, surpris. C’est la mariée par correspondance du premier. Elle agite un objet cylindrique et se tient sur mon paillasson avant même que j’aie le temps de réagir. J’ai un premier mouvement de panique, mais je me raisonne. Il fait jour, Pessi dort, et d’ailleurs il commence à être si faible que j’en pleurerais. Certains jours, il se contente de laper un peu d’eau, malgré la gerbille ou le hamster que je lui ai acheté, et toute étincelle a disparu de ses yeux. La porte du séjour est fermée, et je laisse donc pénétrer ma visiteuse dans le vestibule, car elle se refuse visiblement à rester dans l’escalier ; elle me bouscule presque pour entrer.

La jeune femme – Palomita, se présente-t-elle – explique quelque chose en mauvais anglais, il me faut un moment pour comprendre quoi que ce soit. Elle veut me remercier pour le magazine que je lui ai donné, et elle a un cadeau en retour, quelque chose pour mon chat.

Mon chat ? Mais oui.

Je la remercie, avec un sourire plus teinté d’ironie amère que de joie de recevoir un présent, et elle lève vers moi le regard émouvant de ses grands yeux bruns de biche. Puis elle sursaute soudain, se fige, et ses yeux s'élargissent encore.

Des pas retentissent dans l'escalier.

Quelqu'un monte, de toute évidence. Je suis le seul à habiter au second, depuis que j'ai annexé et converti en atelier l'autre deux-pièces du palier, et l'arrivant, quel qu'il soit, vient donc précisément ici.

PALOMITA

Les pas sont comme des coups. De l'escalier, ils me frappent à travers la porte à l'oreille et au visage. Le pire instant est celui où ils s'approchent de l'appartement de Mikael. Mais la douleur est toujours moins terrible quand on s'attend à avoir mal.

Je me transforme en lézard et je cherche un trou derrière Mikael, puis sous un manteau. Les pas s'arrêtent et le silence est encore bien plus terrifiant que le bruit.

Je cesse de respirer. Bientôt la sonnette va carillonner. Pentti va marteler la porte du poing. Crier et jurer et lancer des mots aux angles pointus, avec sa tête si rouge qu'elle en est bleue. De derrière le manteau, mes pieds me jettent encore ailleurs, vers une porte, à la poignée de laquelle je me suspends, et loin dans une autre pièce qui s'ouvre en un raz-de-marée de lumière.

ANGE

Un toussotement, ou le bruit presque inaudible d'un seau en plastique, révèle que la bonne femme du premier fait le ménage dans l'escalier, mais le bruit de pas a transformé Palomita en tornade hyperactive ; elle tente d'abord de se faufiler derrière moi, puis de se cacher parmi les manteaux du vestiaire, et enfin elle se rue désespérément vers la porte du séjour, et je n'ai pas le temps d'articuler autre chose que "eh ! pas par là..." qu'elle a déjà ouvert et s'arrête bouche bée sur le seuil.

Rien, plus aucun bruit. Je respire, et c'est comme si un grand vent me soufflait à travers la tête. Puis j'entends les pas reprendre et s'éloigner. Ce ne pouvait pas être Pentti. Il aurait fracassé la porte.

Mikael se tient dans l'entrée, la boîte de nourriture pour chats à la main. A sa mine, on croirait que j'ai fait quelque chose d'inconvenant. Ou lui. Mais maintenant que je sais que ce ne pouvait pas être Pentti, je me rends compte de ce que j'ai vu. Je fais un pas de plus vers le canapé en cuir blanc qui semble surgir du plancher tel un champignon pâle et lisse. Le chat est vraiment grand, et noir comme de la poix. Il est plus gros que bien des chiens. Il ne dort pas, ses yeux sont ouverts et ses oreilles remuent, mais il ne lève même pas la tête.

Je m'approche encore.

"Il est malade, très malade", dis-je.

Chez moi, à Malayal, il y avait beaucoup de chiens et de chats et d'autres animaux qui vagabondaient autour des maisons. Quand une bête a cet air-là, elle est près de mourir.

Je le touche. Il est maigre et chaud, et son poil est plein de nœuds et de petites aspérités. Ses narines se dilatent et frémissent, mon odeur est nouvelle pour lui. Il n'a pas une figure de chat, mais plutôt de singe. Ou d'homme.

Dans un murmure inquiet, Mikael me recommande de faire attention.

"Ce n'est pas un chat, c'est un troll", dit-il. Je ne connais pas ce mot, mais je comprends que c'est un animal sauvage, un bébé qu'il a recueilli.

"Il n'a de nouveau rien mangé depuis deux jours." La voix de Mikael est à peine audible.

"Il est très malade", dis-je encore une fois.

Je me rappelle ce que j'ai fait quand j'ai trouvé une portée de chiots sous la maison. Je ne sais pas ce qu'ils sont finalement devenus, car la lettre de Manille était déjà arrivée et mon père et mon frère m'ont conduite dès le lendemain à Zamboanga pour m'embarquer sur le bateau venant de Cotabato. Ils m'ont dit que j'allais devenir infirmière. J'étais contente, parce que je pensais que je saurais m'y prendre. Je venais de soigner des petits chiots encore aveugles dont la mère s'était fait écraser par un *jeepney*.

Je prends la nourriture pour chats et je gesticule jusqu'à ce que Mikael l'emporte dans la cuisine, où j'entends un bruit d'ouvre-boîte. Il revient avec la pâtée. J'y plonge les doigts. On dirait de la boue, épaisse et rêche. J'en prends et je tends doucement la main vers la bouche du troll, qui recule faiblement le museau, effrayé. Sa tête ronde tremblote comme celle d'un chaton. Je souffle sur mes doigts, je réchauffe la pâtée et je l'imprègne de mon odeur. Je la lui tends à nouveau, et maintenant il renifle longuement, avec suspicion. Puis sa petite langue rose pointe entre ses lèvres et il lèche. Une fois. Deux.

Je ris, du plaisir de la victoire et parce que sa langue me chatouille les doigts. Je croise le regard étonné de Mikael.

"Il n'a jamais voulu de nourriture pour chats.

— Peut-être qu'il faut lui donner comme ça. Il pense que je suis sa *mamă*."

Je ne sais pas s'il comprend mais, dans ses yeux, une joie incrédule vient masquer le désarroi qui les emplissait.

Mikael regarde le troll, qui finit de manger quelques miettes de pâte brune. Puis ses paupières se ferment, on ne voit plus entre elles qu'un trait étincelant. Il n'a pas eu la force de faire sa toilette, et il a au coin des yeux de petites boules jaunes. Je me lève et je donne la boîte à Mikael, puis je vais me laver les mains dans l'évier de la cuisine. Il me suit.

"Merci mille fois", dit-il. Je hausse les épaules, lève les sourcils : ce n'est rien. Mais je suis plus fière et plus heureuse que je ne l'ai jamais été depuis que je suis dans ce pays.

Mikael pose la pâtée pour chats sur l'évier et, à ma grande surprise, prend mes mains dans les siennes, les serre, les porte à la hauteur de sa poitrine. "Merci", dit-il encore. Je prends peur, je tourne les talons d'un air réprobateur et je disparais plus vite qu'une ombre dans le vestibule ; mais avant de refermer la porte derrière moi d'un geste doux comme un murmure, je ne peux m'empêcher de jeter un dernier coup d'œil vers la cuisine : Mikael se tient debout sur le seuil, un air indéchiffrable sur le visage, et mon cœur bat, vite, plus vite que depuis très, très longtemps.

ANGE

Pessi va mal ; il mange, boit et fait ses besoins, mais il n'est pas en bonne santé. Son poil est terne, ses yeux éteints, il joue sans conviction et dort jour et nuit d'un même sommeil fiévreux.

Je ne mange ni ne dors guère moi non plus, et je n'arrive pas à travailler. La routine fonctionne, mais rien de créatif. Le sac de Stalker que m'a donné Martes gît dans un coin. Cette fichue date limite semble infiniment loin, et pourtant il ne me reste en pratique que quelques semaines.

Palomita l'a tout de suite su en voyant Pessi.

Il faut faire quelque chose. Et vite.

ECCE

Je suis aux premières loges, il ne me manque plus que des jumelles de théâtre, et la pièce est un morceau de choix, une superproduction locale. Ange et le docteur Spiderman sont assis dans l'arrière-salle du café Bongo. Ensemble. Je ne suis pas le seul à m'intéresser à l'événement, il y a des lustres qu'il ne s'est rien passé d'aussi passionnant dans ce troquet galeux.

Ange donne de fiévreuses explications à l'Homme-Araignée, fait des gestes, ressasse quelque chose d'hyper-important et laisse de temps en temps sa main se poser légèrement sur le bras de l'autre. Parkie arbore sur son étroit visage de chien courant un air sceptique, mais prêt à chaque instant à basculer dans l'euphorie. Il s'imaginait qu'Ange était désormais pour lui aussi inaccessible que s'il avait dansé sur la pointe d'une aiguille dans les fantasmes d'un scolastique.

A peu près au moment où il a largué le docteur, Ange a été vu dans un pub avec un drôle de barbu, poilu et binoclard, inconnu au bataillon. Une vilaine rumeur a couru, selon laquelle Ange draguait sans vergogne un hétéro. Mais le voilà qui se frotte contre l'Homme-Araignée comme si de rien n'était.

Ange Hartikainen… je ne crois pas avoir jamais entendu son vrai prénom. A la trentaine, il a encore un visage de chérubin de dix-sept ans et une tête auréolée d'un nuage de boucles d'or sans le plus petit début de calvitie sur les tempes.

Mon bas-ventre me brûle. Depuis la première fois que je l'ai vu, je le veux.

Il penche sa tête d'or vers moi et je sens l'odeur de son after-shave. C'est un nouveau parfum, boisé et métallique, curieusement excitant, à sa façon.

Ange me raconte une longue et tortueuse histoire dont je ne saisis pas l'utilité. Il agrémente son récit de détails humoristiques et en arrive enfin avec une négligence outrageusement feinte au nœud de l'affaire : son oncle a trouvé un jeune glouton – à moins que ce ne soit un lynx – dans un piège, on ne sait où, et l'a ramené chez lui, où l'animal a pissé partout, ha ha… ils ont ensuite réussi à le nourrir, mais il est resté anormalement apathique, sans entrain, fatigué, le poil terne. "De quoi peut-il donc souffrir ?" se sont-ils paraît-il longuement demandé. Et Ange incline la tête comme s'il espérait que je lui donne mon avis sur le problème.

"Depuis quand t'imagines-tu, mon Ange, qu'écouter des jérémiades sur des bestiaux patraques soit l'idée qu'un vétérinaire se fait d'une soirée agréable ?" Ma question ne l'arrête pas.

"Ils ne pouvaient pas non plus téléphoner à un spécialiste du parc zoologique d'Ähtäri, vu qu'il est probablement interdit de garder des animaux sauvages chez soi sans autorisation. Alors ils sont juste restés à se... creuser la tête... pour savoir ce qu'il avait.

— Ce n'est pas étonnant qu'ils n'aient pas trouvé, s'ils ne sont même pas capables de faire la différence entre un lynx et un glouton.

— Mais non, c'est moi qui ne me rappelle pas ! C'était un carnivore, un grand carnivore, il n'y en a pas tant que ça, mais peu importe. A moins que ça ne change quelque chose à ce qu'il peut avoir ?"

Je repose violemment ma chope sur la table. Ange a de toute évidence décidé de continuer à parler du glouton de son oncle tout le reste de la soirée si je ne me prononce pas sur son cas.

"Pas forcément. En gros, la quasi-totalité des animaux sauvages sont infestés de parasites internes. Les adultes s'en aperçoivent à peine, mais ça peut affaiblir un jeune."

Les yeux d'Ange scintillent, il rapproche encore sa chaise, comme si je venais d'évoquer une technique sexuelle exotique et un peu perverse. Ce type prend réellement son pied à entendre parler de parasites intestinaux, me dis-je interloqué.

"Il y a de fortes chances pour que ce soit un ascaris." Je poursuis, et Ange boit chacune des paroles qui tombent de mes lèvres ; je commence, malgré ma stupéfaction, à trouver ça vraiment drôle. "Ce pourrait aussi à la rigueur être un trichocéphale ou un ankylostome. Ou un ténia, mais les ascaris sont ce qu'il y a de plus fréquent. Presque tous les grands carnivores en ont.

— Et comment le petit a-t-il pu être contaminé ?

— Par sa mère. Le parasite en phase de sommeil est transmis au fœtus par voie sanguine placentaire, puis réveillé, en quelque sorte, par l'activité hormonale. Autrement dit, il n'y a pas de prévention possible. Un jeune en mauvaise santé peut se trouver très fatigué et perdre ses poils, voire même en mourir.

— Mais ça se soigne ?

— Je dirais qu'en ce qui concerne la bête dont tu parles, il est déjà trop tard : ou elle a guéri spontanément, ou ton oncle a maintenant des moufles en peau de glouton, neuves mais d'assez piètre qualité."

Ange ferme lentement les yeux, comme s'il tentait à toute force de se contrôler.

"Et si tu devais prescrire quelque chose, qu'est-ce que ce serait ?

— Une piqûre d'ivermectine."

Les lèvres d'Ange remuent, il répète sans bruit "i… ver… mec… tine". Il imprime le nom dans son esprit. Je ne sais pas ce qu'il va faire de cette information – peut-être se précipiter pour sauver le glouton clandestin de son oncle –, mais j'en rajoute une louche.

"C'est un excellent médicament, efficace chez presque tous les animaux. On peut l'utiliser aussi bien pour les rennes et les bœufs, par exemple, que pour les grands carnivores."

Les yeux d'Ange pétillent d'intérêt. Je souris.

"Le seul ennui, c'est qu'il n'est pas vendu en pharmacie."

Il déglutit, et en même temps mord à l'appât, à l'hameçon avec lequel j'espère bien ramener une double prise et satisfaire, avec une délectation presque égale, tant ma curiosité que mon désir.

ANGE

Je parviens encore à arracher à Parkie qu'il faut à l'injection d'ivermectine deux à trois semaines pour agir et que la mort des parasites n'a rien de terrible, l'animal, Dieu merci, n'expulse ni par le haut ni par le bas de pelote de vers grouillant dans une mare de bile, mais guérit petit à petit. Le docteur Spiderman note aussi au passage que c'est le type de médicament vétérinaire général qu'il a toujours en stock.

Je lui frôle la cuisse du doigt, je respire en projetant dans sa direction de petits soupirs d'invite, je laisse mon regard se fondre dans le sien. Je lui dis qu'il m'a manqué.

Et je cherche fiévreusement un prétexte pour l'amener à baiser à son cabinet plutôt que chez lui. Ce n'est pas impossible : nous avons déjà fait honneur au canapé bariolé de sa salle d'attente. Ce souvenir me donne une idée – je sais maintenant sur quelle ficelle tirer.

“Tu te rappelles encore notre première fois ?”

L'Homme-Araignée hoche la tête, avec une lueur étrange dans les prunelles.

“Le canapé grinçant de ta salle d'attente et des poils de chien partout. Tu m'as expliqué que ta femme de ménage ne venait que le dimanche… Et ce collier insensé que tu avais ! Un collier étrangleur !”

Je ris à perdre haleine, plus hystériquement que cette inoubliable histoire de cinglés ne le mériterait en soi.

“J’ai retiré des poils de chien de mon caleçon pendant huit jours. En y repensant.”

Parkie a un bref sourire sec, mais je vois que lui aussi s’en souvient, et parfaitement.

“Je donnerais cher pour revivre ça. Dans le moindre détail”, dis-je, et je me lèche rapidement les lèvres, puis je plonge pudiquement le regard dans ma chope de bière.

DOCTEUR SPIDERMAN

Ange a obtenu, en me faisant du charme, que je lui fasse visiter mon cabinet, comme si c'était pour lui un endroit tout nouveau, merveilleux et inouï. Il se montre adorablement curieux et gamin, veut tout voir et tout savoir, me fait ouvrir toutes les portes et se penche pour m'embrasser juste au moment stratégique où je devrais refermer à clef mon armoire à pharmacie.

ANGE

Je me sens comme Buster Keaton, à marcher sur la pointe des pieds dans le noir, vêtu d'un caleçon acheté à Londres, un boxer au sens propre, orné d'un chien à la gueule fripée, aux oreilles tombantes et aux yeux tendres, qui ressemble à quelqu'un que je connais, quelqu'un qui dort en ce moment même d'un profond sommeil sur le canapé avachi. Je me suis souvenu avant d'aller au café Bongo que c'était le calcif préféré de Parkie – qui avait déclenché le gloussement nerveux et tendu, mais sexy à sa façon, qui lui sert de rire, quand j'avais enlevé mon jean pour la première fois, précisément ici.

Je peste de ne pas avoir les yeux de Pessi, je commence par ne pas trouver la porte entre la salle d'attente et le cabinet, puis je me cogne si violemment l'orteil sur le seuil que je vois défiler pendant un moment d'amiboïdes taches rouges parsemées d'étincelles. L'armoire à pharmacie se profile au fond de la pièce telle une grande baleine blanche accrochée au mur.

Je l'ouvre, et les gonds grincent si fort que je manque pisser dans mon boxer. Mon cœur tente de s'échapper de mon corps, je me raidis : je suis une statue antique, continue de dormir,

Parkie mon amour. Je sais où est l'ivermectine, parce que je lui ai posé, haletant d'enthousiasme, absolument toutes les questions possibles, et demandé entre autres si les médicaments étaient rangés par ordre alphabétique ou selon leurs indications thérapeutiques.

J'ai déjà la boîte à la main, quand j'entends une voix derrière moi.

"Les toilettes sont complètement à l'opposé."

Mon pouls déjà rapide s'affole. J'essaie de rester de dos et je glisse l'ivermectine dans mon caleçon. Pour éviter qu'elle ne tombe, je suis obligé de fourrer la boîte en carton aux angles pointus quelque part entre mes jambes, calée par mes testicules. Je me tourne et j'essaie d'avoir l'air naturel.

"Ah oui, c'était l'autre porte.

— Un ami de l'écrivain Henrik Tikkanen, Benedict Zilliacus, si je me souviens bien, a pissé une fois dans un fauteuil d'osier peint en bleu qu'il avait pris pour la mer", déclare sèchement la voix de l'Homme-Araignée dans l'obscurité. Il est toujours sur le canapé et ne peut certainement voir de moi, et encore, que la tache blanche de mon boxer.

J'essaie de me diriger vers la salle de bains sans que ma démarche révèle au moindre mouvement la torture que m'infligent les coins acérés qui pénètrent dans la chair tendre de mon bas-ventre. Je ne sais pas comment j'y parviens, mais Dieu merci ma chemise en jean se trouve sur ma route, sur le dossier d'une chaise, et je m'en empare au passage tout en tentant désespérément de ne pas marcher jambes écartées comme un singe ; bientôt la porte des toilettes se referme sur moi, et ma chemise a des poches.

ECCE

On ne devrait jamais boire par dépit, mais c'est pourtant déjà la quatrième chope amère qui trouve comme d'elle-même le chemin de ma table depuis le départ d'Ange et de l'Homme-Araignée. J'ai refusé deux propositions, envoyé promener une nana enthousiaste et décidé de me retirer dans la solitude de ma piaule, après cette quatrième bière, bien entendu, exactement comme je l'avais décidé après la deuxième et la troisième, quand quelqu'un me demande s'il peut s'asseoir à ma table.

Il n'y a apparemment plus de place ailleurs, et ce n'est donc pas ma compagnie qui attire l'arrivant, mais uniquement la chaise libre. Dommage, en soi, car le type qui s'assied semble être au premier coup d'œil de la marchandise de qualité, calibre intellectuel, grand, les épaules larges, sans être pour autant du genre culturiste : des lunettes rondes, une moustache et une barbe soignée, des cheveux châtain foncé ondulés à peine trop longs sur la nuque et bien sûr un anneau à l'oreille. De la marchandise de qualité ? Non, sacré nom d'une pipe, au deuxième et au troisième coup d'œil, c'est carrément l'affaire du mois.

Nous échangeons quelques banalités, puis il pousse une botte qui me laisse pantois : il me demande si j'aurais par hasard vu Ange dans le coin. Je ne vois pas tout de suite à qui il pense, il parle d'un certain Mikael, puis de Michel-Ange – nom de Dieu, rien qu'à sa façon de le dire, j'ai la chair de poule –, mais à quelques signes distinctifs auxquels il n'y a pas à se tromper (des cheveux blonds et bouclés, grand, des yeux comme des coins de ciel), je reconnais Ange. Je lâche que je l'ai aperçu, mais j'ajoute que je ne le connais que vaguement et qu'il est parti il y a déjà un moment. Je n'entre pas dans plus de détails.

L'homme se présente, Martti quelque chose, il est dans la pub. Il n'avait rien de très particulier à dire à Ange... ben voyons, pas plus que qui que ce soit d'autre ici. Il a essayé de lui téléphoner pour savoir un peu comment avançait je ne sais quel boulot, mais il n'y avait personne à son studio et même son portable était sur répondeur – tout à fait entre nous, il se demande d'ailleurs pourquoi, au nom du ciel, Mikael ne garde pas son portable branché, un free-lance devrait être joignable vingt-quatre heures sur vingt-quatre – et il a eu l'idée, en passant devant le café Bongo, d'entrer jeter un coup d'œil pour voir s'il n'était pas là, par hasard, vu que c'est paraît-il un de ses bars préférés. Il s'agit d'une commande importante, très importante, sinon il n'ennuierait pas Mikael avec cette histoire, mais il aurait juste aimé savoir, en gros, où en était le projet.

L'homme est beaucoup trop bavard, il n'en est visiblement pas à son premier whisky-soda, mais il y a aussi autre chose qui cloche dans son histoire. Martti n'est pas l'un de nous, à première vue, mais j'ai déjà vu de ces types entre deux, sur le fil du rasoir, prêts à basculer. C'est forcément lui l'hétéro pour lequel Ange a laissé tomber Parkie.

"Et vous le connaissez depuis longtemps… Mikael ?" parviens-je à glisser. J'ai failli dire "Ange".

Martti se répand à nouveau dans de trop longues explications, des relations de travail, une solide collaboration qui a fini par créer des liens. Je pompe avidement des infos. Ange est né quelque part dans le nord de l'Ostrobotnie, pratiquement en Laponie, il est arrivé tout môme à Tampere, y a été en classe, puis a réussi à entrer à l'école de photo de Lahti et, une fois ses études terminées, est revenu s'installer ici. C'est un photographe reconnu et très demandé, et un virtuose de l'infographie, un magicien du Macintosh, un fakir de FreeHand, un prophète de Photoshop.

Chacun de ses mots prouve qu'Ange est fait pour moi, qu'il est taillé à ma mesure, qu'il m'est destiné, et qu'il ne faut pas laisser ce type s'interposer entre nous, quoi qu'il arrive ; et c'est pourquoi je confie au passage à Martti, sous le sceau du secret, qu'Ange est maqué avec un vétérinaire, sérieusement et depuis déjà longtemps.

ANGE

Il fait nuit et le téléphone sonne.

Pessi est si malade qu'il dresse à peine les oreilles, malgré le bruit strident qui emplit l'obscurité de la chambre et vous pénètre jusqu'à l'os. A la sixième rafale, je soulève le combiné.

“Allô.”

A l'autre bout du fil, il y a un instant de silence, puis j'entends une voix familière, qui me fait le même effet que si quelqu'un m'avait ouvert l'estomac d'un coup de scalpel et versait de l'eau glacée dans mes entrailles fumantes. Le docteur Spiderman.

“J'espère que ce n'est pas un colley.”

Je ne parviens qu'à bafouiller. “Hein ?

— La saleté de bête pour laquelle tu m'as volé de l'ivermectine. Ecoute. Si c'est un colley, un chien de berger écossais, un foutu cousin de Lassie, ils ont une anomalie du système nerveux central. L'ivermectine le tuera.

— Ce n'est pas un colley”, dis-je, et en même temps je me trancherais la langue. Le docteur Spiderman laisse échapper un petit rire froid et doux.

“Et ne t'affole pas non plus si nos amis les parasites libèrent une bonne dose de toxines.

— De toxines ?

— L'animal va présenter des symptômes d'empoisonnement, mais ce n'est que passager."

Je reste coi. La boîte d'ivermectine fait une tache blanche sur le coin de la table.

"Et encore une chose, mon Ange..."

Mon cœur bat la chamade. Une dénonciation à la police ?

"On trouve le même produit en vente libre dans les pharmacies sous le nom de Lopatol."

DOCTEUR SPIDERMAN

Ange sanglote presque au téléphone. Le feu froid et rageur de la vengeance qui brûlait en moi commence à s'éteindre, à se couvrir de cendre grise. Je me sens fatigué, et vieux, et stupide. Je suis aussi douloureusement las que quand, lorsque j'étais encore marié, je criais comme un fou furieux contre mes fils, qui n'avaient pas dix ans, les giflant ou leur tirant les oreilles parce qu'ils avaient fait des bêtises. Je suis aussi épuisé, vidé et péniblement conscient du fait que rien de ce que je disais ne pénétrait dans leur esprit, n'en effleurait même la surface, et que les claques n'étaient pas pour eux une douleur méritée, une punition éducative, mais uniquement une manifestation de ma cruauté – une pure démonstration de force aveugle et de méchanceté, dont il ne me restait à moi-même qu'une peur : *pourront-ils encore jamais m'aimer après ça ?*

Pourquoi fallait-il que je téléphone en pleine nuit ? Pourquoi ne pas avoir attendu ma prochaine rencontre avec Ange au café Bongo pour pouvoir aborder le vol de médicament dans la lumière la plus compromettante possible, telle une impitoyable riposte à la souffrance qu'il m'a infligée, une arme et un instrument de pouvoir délectables ?

Parce que quelque chose m'est revenu. Je me suis involontairement rappelé une autre de nos conversations. Et maintenant, j'ai réellement froid dans le dos.

“Ange. Ecoute. Si ce… cette bête… a des parasites intestinaux, elle a aussi en toute logique des parasites extérieurs. Des puces ou des poux, ou au moins des lentes. Achète à la pharmacie des comprimés Program.

— Program.”

J'entends, à sa voix, qu'il grave mécaniquement le nom dans sa mémoire.

“C'est facile à utiliser, un par mois suffit.” Je constate horrifié que je parle comme si j'étais en consultation. “Aucun effet toxique… ce n'est d'ailleurs pas un poison, mais une pilule pour puces, ça ne les tue pas, ça empêche seulement leurs œufs d'éclore.” J'ai un petit rire idiot.

A l'autre bout du fil, c'est le silence. Puis j'entends la voix d'Ange.

“Merci.”

Il reste à nouveau longtemps muet.

“Je ne comprends pas pourquoi… tu me dis tout ça.

— Juste comme ça.” Je marque moi aussi une pause, notre conversation est pleine de trous noirs, assez grands pour engloutir des univers entiers. Puis je parviens à demander :

“Au fait, tu as réussi à savoir ce que mangent les trolls ?”

ANGE

A la pharmacie, on m'a regardé comme un drogué quand j'ai acheté une seringue jetable.

La Grand-Mère volée et autres légendes urbaines,
dir. Leea Virtanen, 1987

Un jour, dans un pavillon de banlieue de Tapanila, une mère de famille avait mis son bébé âgé de quelques mois à dormir dans son landau dans le jardin. Elle le surveillait par la fenêtre et allait aussi voir de temps en temps de plus près si tout allait bien.

Puis elle s'est mise à préparer le repas à la cuisine et a oublié un instant de s'inquiéter du bébé. Elle a bien cru à un moment l'entendre pleurer dans son landau, mais le bruit s'est aussitôt arrêté et elle a continué d'éplucher ses pommes de terre. Quand la soupe a été sur le feu, elle est allée chercher l'enfant, et a failli s'évanouir en découvrant qu'il n'était plus là.

A la place, enveloppé dans la couverture du landau, il y avait un troll nouveau-né. Et la voisine avait aperçu, à peu près à la même heure, une ombre noire qui se faufilait hors du jardin. On n'a jamais retrouvé le bébé.

ANGE

Ivermectine, ô produit miracle.

Il s'est à peine écoulé plus d'une semaine, et même la réaction toxique a été bénigne. C'est maintenant un ouragan d'activité et d'énergie, aux yeux pétillants, du vif-argent cabriolant et bondissant. Il ne semble pas souffrir d'être confiné à l'intérieur – peut-être à cause de sa nature cavernicole.

Depuis que Palomita lui a donné de la pâtée pour chats, il accepte de temps en temps d'en manger, mais uniquement de la même marque, et encore pas toujours. Il a heureusement aussi mis les œufs de caille à son menu, à condition que je les cache – dans le grand cendrier en verre d'Iittala, élégamment disposés en trèfle à quatre feuilles au creux d'un coussin du canapé, sur les appuis de fenêtre à l'abri des rideaux. Parfois, quand je me prends vraiment au jeu, j'aménage de petites cachettes dans des gants, des boîtes en carton ou des cache-théière que je dispose aux quatre coins de l'appartement. Il explore, flaire, fouille, manifeste une joie sans borne devant les précieux œufs qu'il trouve puis s'assied pour les gober, les casse proprement en deux avec le côté de l'ongle et lape le contenu sans en perdre une goutte.

Il aimerait bien sûr aussi chasser, mais je vis dans l'espoir de ne plus avoir à chercher de nouvelles animaleries. Il y en a dans lesquelles je n'oserai plus remettre les pieds avant des mois.

Ses poils n'ont pourtant toujours aucun lustre, sa fourrure a l'air triste et mitée. J'espère que ce n'est pas dû au Program ou à l'ivermectine. Mais je le vois : il est maintenant bien portant, et plein de joie de vivre.

PALOMITA

Pentti est pressé. Il cherche quelque chose dans la salle de bains et donne un coup de pied dans le panier à linge, qui se renverse. Le couvercle roule avec fracas, et je me fige quand je vois pointer à travers le treillis, au milieu des vêtements, la couverture du journal que Mikael m'a offert.

Mais Pentti ne remarque rien et se rue dehors d'un même élan, tandis que je glisse assise sur le sol, le cœur presque échappé de la poitrine. Je dois trouver une autre cachette pour mon magazine. Je ne veux pas le jeter, j'ai si peu de choses qui m'appartiennent. Chaque page est un message. Chaque photo est comme une petite porte en couleurs, qui mène hors de cet appartement.

Je réfléchis longtemps. Je n'ai pas de placard ou de tiroir à moi. Et si Pentti ne sort jamais lui-même une serviette ou un drap de l'armoire, il a une fois tout jeté par terre pour m'ordonner de mieux ranger. Puis je me souviens d'un jour, quand je jouais avec Sepa et Merlinda à cacher des cailloux, personne n'avait trouvé le mien, parce que je l'avais posé dehors parmi d'autres. Pentti garde au fond de la penderie des centaines de journaux, il en achète sans cesse de nouveaux mais ne relit jamais les vieux. Si je cache mon magazine en leur compagnie, tout au-dessous d'une pile, il ne le trouvera sûrement pas. Et s'il le trouve, il pourra croire qu'il l'a lui-même mis là. Pentti ne se rappelle pas toujours tout ce qu'il fait.

Je vais à la penderie et je commence à déplacer prudemment une pile de journaux. Je fais attention de bien les garder dans le même ordre. Sur toutes les couvertures, il y a des femmes.

Je tombe sur une revue à laquelle est épinglé un bout de papier jaune. Pentti y a écrit quelque chose. Il y a aussi sur la couverture la photo de deux femmes au teint mat. Des Philippines. Elles se tiennent enlacées comme des sœurs, la bouche en cul-de-poule, mais leur regard est dirigé droit hors du journal. Un autre bout de papier jaune dépasse d'entre les feuilles. J'ouvre à l'endroit qu'il marque. La double page est pleine de texte et de photos très différentes des autres, de petit format, certaines en noir et blanc et un peu floues. Chacune représente une femme. A côté des photos, il y a des mots que je connais, qui se terminent presque tous par Manila.

Trois portraits sont entourés d'un trait de crayon bleu. Sur l'un d'eux, c'est moi.

Je me reconnais, bien que la photo soit mauvaise, et j'affiche un sourire forcé. Ce cliché a été pris par Enteng dans le bar d'Ermita, peu après que j'avais compris que je ne deviendrais pas infirmière.

Je referme le journal et je le remets soigneusement à sa place dans la pile que je reconstruis sur mon magazine.

ANGE

Je me réveille en pleine nuit.

Il est assis sur le dossier du canapé et me regarde.

Sa silhouette noire comme la nuit se dessine sur un fond à peine plus pâle, et je saisis, avec une brûlante et douloureuse intensité, que je suis totalement à sa merci.

Ses yeux. Ses yeux d'animal nocturne.

Il me voit, malgré l'obscurité, avec précision et acuité, il voit chacun de mes battements de cils, chaque tiraillement de la commissure de mes lèvres, alors que je ne distingue rien d'autre de lui que ses noirs, si noirs contours.

ECCE

C'est dingue, comme il peut y avoir des villes, et encore des villes. Des villes à l'intérieur des villes. Celles des chiens sont faites d'odeurs, les limites de leurs quartiers sont tracées par différents arômes de pisse et chaque effluve est comme un drap palpitant au vent, un énorme phylactère de la taille d'un pâté de maisons qui dit : *Fido était ici il y a environ vingt-quatre heures* ou crie à tue-tête : ICI VIENT DE PASSER UN JEUNE HUMAIN MÂLE AVEC DE LA VIANDE FUMÉE DANS SON SAC. L'air est saturé de ces signaux, mais le chien les comprend aussi couramment et sans plus de mal que l'homme la cacophonie de photons des couleurs, des formes et des variations de lumière.

Et puis il y a la ville de chacun de ses habitants. Celle de certaines femmes, aux rues définies par les commerces qui s'y trouvent, par la qualité de leurs boutiques de mode, de leurs parfumeries, de leurs bijouteries, de leurs magasins de chaussures. Ou celle des ivrognes, faite de bistrots, de baraques à frites, de marchands de vin, de porches discrets sous lesquels il est facile de se glisser pour uriner sans se faire remarquer, de taules de potes chez qui on peut emprunter de la thune ou trouver à crécher pour la nuit. Et l'alcoolo ne voit même pas les boutiques de design, car elles n'ont pour lui aucune fonction, comme la femme à la mode ne voit pas les rades crasseux, qui n'existent même pas pour elle. Elle reconnaît le coin de rue au salon de thé où elle entre parfois pour déguster un cappuccino et un brownie. La ville du chauffeur de bus, de son côté, est constituée d'itinéraires, d'arrêts, de pentes et de virages apparemment sans intérêt, qui tirent leur magie de la difficulté de les négocier par temps de neige ou de verglas, et de terminus dont chaque centimètre carré lui est familier, à force d'y traîner la clope au bec en attendant l'heure du départ en sens inverse ; il connaît jusqu'aux écureuils dans les arbres, alors que les passants ne voient rien d'autre qu'un élargissement de la chaussée, un insignifiant carré de bitume entamé par des pneus pesants.

Notre ville à nous ne se distingue des autres que par quelques nuances. Cette métropole est trop petite pour que nous ayons nos propres rues, nos boutiques ou nos galeries d'art, mais nous avons notre topographie secrète, nos bouts de trottoir ; nous voyons d'un œil tout à fait différent l'homme qui fume une cigarette au pied du pont, nous remarquons de petits gestes de la main et des regards obliques qui se perdent pour les autres dans le fracas visuel ambiant ; nous connaissons des coins et des recoins, des ruelles et des porches qui ont une signification toute particulière. Il y a des parkings ou des cinémas, à certaines heures, qui paraissent aux autres parfaitement ordinaires mais qui sont entourés d'une invisible aura magnétique. Il y a des toilettes publiques dans lesquelles on entre avec le cœur aussi battant qu'un collégien à son premier rendez-vous. Et il y a des bars comme le café Bongo, dans lequel tout un chacun ou toute une chacune peut entrer boire une bière, voire deux ou trois, ou même prendre une cuite complète, et en sortir ensuite comme de n'importe quel autre bistrot du coin anonyme, sans rien remarquer de spécial. Nous seuls voyons ses imperceptibles singularités.

L'air du café Bongo est à chaque instant sillonné d'un tel nombre de messages muets que, s'ils étaient visibles, l'endroit serait couvert du sol au plafond de toiles d'araigné arc-en-ciel – fils rouges de la passion, fils bleus du désir, de l'attente et de l'espoir, fils jaunes crépitant de messages signifiant qu'il est temps de faire le premier pas, que la permission en a été muettement demandée et accordée, et bien sûr aussi, de-ci, de-là, fils noirs comme de l'encre du mépris, de la déception et de la haine ouverte.

Il y a des moments où certains se mettent en vitrine ; à mesure que la soirée avance, ils abandonnent les tables de leurs copains et font un instant leur show. Mais à la seule intention de ceux qui savent regarder.

La plupart des gens semblent avoir les organes sensoriels emballés dans de la cellophane. Parce qu'elle n'empêche pas de voir, ils croient tout percevoir, mais cette pellicule entrave pourtant l'usage de certains de leurs autres sens. Et ils ne se rendent même pas compte qu'elle dénature leur toucher et leur odorat.

Comme cette gonzesse hétéro assise au comptoir qui trouve ça cool d'aller dans un bar gay, et qui a sans doute entendu murmurer quelque part que celui-ci en était un. Pour le reste aussi, elle joue les affranchies à en être ridicule, attifée d'un pantalon de treillis, d'un bandana sur la tête et de rouge à lèvres noir, à s'imaginer que toutes les goudous vont tomber raides. Ou certainement pas à se l'imaginer, mais à l'espérer en secret.

Personne, bien sûr, ne va s'asseoir à côté d'elle. Elle est déjà venue, et tout le monde l'accueille avec une froideur glaciale, mais elle revient pourtant, encore et encore. On pourrait croire qu'elle nous considère comme des animaux en cage, mais j'ai une autre théorie : nous sommes pour elle de bons sauvages, une sorte de zone grise, située comme à dessein un peu à l'écart de la société organisée, un territoire indompté qu'il faut beaucoup de cran pour fouler ; mais si on ose s'y aventurer, un extraordinaire parfum de liberté et de pied de nez à la bienséance reste accroché à vos vêtements et vous transforme instantanément en anarchiste. Fréquenter cet endroit est certainement pour elle comme porter un tatouage lavable sur l'épaule. Toute la séduisante apparence de la marginalité sans aucun engagement pénible, et sans jamais avoir à se demander si on peut oser sortir avant qu'il fasse noir.

BARTON WILLMAN, *L'Obscur et l'Invisible*, 1985, roman fantastique traduit de l'anglais par Luc Carissimo

On raconte, m'a dit une fois un sage venu du Grand Nord, on raconte qu'il y a, dans certaines régions de Scandinavie, des villes à l'intérieur des villes, comme il est des cercles à l'intérieur des cercles, réelles mais invisibles. Et que ces villes sont habitées par des créatures d'une inimaginable cruauté : de forme humaine, mais mangeuses d'hommes, aussi noires et silencieuses que la nuit au sein de laquelle elles rôdent.

ANGE

Je déverse le jeu de cubes sous les projecteurs et je vérifie dans le viseur que les ombres sont bien orientées. Je sélectionne les faces portant les lettres du nom de l'entreprise de mon client et je les dispose de manière agréable à l'œil, pour une série de photos sur lesquelles le nom se construira lettre après lettre. Je commence bien sûr par le mot complet et j'enlève ensuite les cubes un par un, de façon à pouvoir plus facilement contrôler les ombres et à ne pas avoir à toucher aux éléments déjà en place. Je prends un polaroïd, tout a l'air OK.

Le travail est de pure routine et c'est pourquoi j'ai laissé ouverte la porte donnant dans l'appartement. Il est huit heures du soir, et j'ai entendu Pessi se réveiller et avaler son premier repas.

Je liquide ces photos pour ne plus avoir à y penser, c'est du boulot à la chaîne, une broutille, rien à voir avec le projet que m'a confié Martes. J'éteins les projecteurs, je ramasse les cubes et je les jette dans leur carton. Le nom stupide de l'entreprise est tellement plein de lettres identiques qu'il m'en a fallu deux jeux. Dommage que je ne puisse pas les rendre, maintenant que l'emballage est déchiré. Mais peu importe, après tout, ces quelques dizaines de marks s'ajouteront à la facture du client.

Je retourne dans l'appartement, je me sers une bière, je m'assieds dans un fauteuil et j'allume la télévision. Pessi vient bientôt demander à jouer : il s'amuse comme un chat, boxe et triture n'importe quel objet aussi longtemps que j'ai le courage de l'agiter sous son nez.

Je regarde les informations, remuant paresseusement son joujou tandis que les premiers titres défilent, spéculation sur les changes, crise au Pakistan, effraction dans un arsenal militaire à Parola, où un bon paquet d'armes à feu a été dérobé, la mafia russe, à tous les coups – mais au quatrième sujet ma main s'immobilise.

> Peut-être à cause de l'exceptionnelle douceur de ce début d'hiver, de grands carnivores qui devraient s'être retirés pour dormir sont encore très actifs.
>
> Cet automne déjà, de nombreux ours et trolls ont été vus près de la frontière russe, mais leur présence semble maintenant s'être étendue jusque dans le centre du pays. Dans les alentours immédiats de Jyväskylä, on aurait comptabilisé la semaine dernière autant de trolls qu'au cours des quarante dernières années, soit trois au total. Ces gros animaux prennent en général leurs quartiers d'hiver au plus tard en novembre, mais des traces de leur présence ont récemment été relevées en grand nombre, notamment autour des concentrations de résidences secondaires des bords du lac Päijänne. Des animaux identifiés sans grand risque d'erreur comme étant des trolls ont également été aperçus dans des lieux aussi méridionaux que Heinola, Janakkala et Pälkäne, près de Tampere.

On interviewe une petite vieille qui a vu de drôles de choses sur le chemin de l'étable, puis apparaît sur l'écran un certain Ilpo Kojola, conseiller cynégétique à Oulu. Il explique que le troll n'est pas, en principe, adapté à une activité hivernale, mais rappelle que les ours aussi peuvent se retirer dans leur antre bien plus tard que la normale si le temps reste doux. Selon lui, si les trolls n'ont pas amassé de réserves suffisantes à l'automne, il se pourrait qu'ils essaient maintenant de les compléter dans l'urgence avant de se terrer dans leurs cavernes, et qu'ils aient pour cette raison quitté leurs terrains de chasse habituels pour se rapprocher des villes.

Cette théorie de la pénurie de nourriture est contestée par un spécialiste de l'environnement, qui souligne que les polluants peuvent provoquer chez les animaux des comportements atypiques.

> Dans de nombreuses régions, les nids et les couvées constituent une part importante de l'alimentation des trolls, et il a été démontré que tous les résidus présents dans la nature se concentrent dans les œufs. On peut par exemple supposer qu'à la suite de l'incendie du transformateur de Karasjoki, en Laponie, l'organisme des trolls qui se sont nourris d'oisillons soit gorgé de tétrachlorodibenzo-para-dioxine…

Le journaliste demande quels sont les effets de la tétrachlorodi-je-ne-sais-quoi et le chercheur commence à parler de mutations quand je me rends compte que Pessi est étonnamment silencieux – il doit être en train de faire des bêtises. Je détache mon regard de l'écran et je le cherche des yeux. Il est assis comme d'habitude, son mince dos noir et sa crinière tournés vers moi, ses oreilles frémissent, attentives au moindre bruit, sa queue se balance en signe d'intense concentration. Je me redresse dans mon fauteuil et là, bien que la pièce soit quasiment plongée dans l'obscurité, je vois qui ce l'occupe. Pessi s'est emparé du jeu de cubes et, de ses longs doigts agiles et griffus, il est à cet instant précis en train d'en poser un au sommet d'une pyramide presque parfaite.

HARTO LINDÉN, "Des effets de la chasse sur les populations de gibier", contribution à l'ouvrage *Chasse, nature, société*, dir. Petri Nummi, 1995

Le gigantisme est toujours un risque pour l'avenir d'une race animale. La population des espèces de grande taille est en général peu nombreuse, et des événements fortuits peuvent ainsi, associés à l'éparpillement des individus, entraîner le groupe dans une spirale de raréfaction. Ces espèces sont en péril chaque fois que la mortalité des adultes augmente, quelle qu'en soit la raison. Face aux rapides mutations de leur biotope, les grands animaux à faible population sont aujourd'hui génétiquement menacés. Ils se sont développés en s'adaptant à un milieu immuable et/ou prévisible, et l'instabilité actuelle des écosystèmes représente pour eux un grave danger. A cela s'ajoute que la baisse de qualité de l'environnement diminue généralement les chances d'un animal de grande taille de se procurer sa ration de nourriture quotidienne.

L'augmentation de la mortalité des adultes peut demeurer trop réduite pour être scientifiquement quantifiée, mais ses effets n'en sont pas moins souvent dramatiques.

ANGE

Pessi enlève inlassablement les derniers cubes de la pyramide pour les replacer dans un ordre un peu différent. Un petit bruit, presque inaudible, très grave, me chatouille les oreilles. Il ronronne. Il est content.

J'ai la bouche sèche comme du parchemin. Quelque chose me trouble dans la forme de cette pyramide, un souvenir se réveille au fond de ma mémoire. En deux enjambées rapides, je vais à la bibliothèque. Les livres que j'ai hérités de mon frère sont dans un coin, presque cachés derrière un tas de bouquins, neufs ou d'occasion, traitant des carnivores. Une dizaine d'ouvrages que je n'ai que très rarement feuilletés mais dont je n'ai pas non plus voulu me séparer.

Voilà. Les *Vestiges archéologiques de Finlande* d'Eero Ojanen. Je parcours le cahier de planches, et ça y est. La "couronne" du bois de Viitanmäki, à Salo, dit la légende, mais malgré son nom trompeur, je sais ce que c'est.

Un tumulus.

On sait maintenant que la plupart des trois mille tumulus de Finlande sont des sépultures à incinération de l'âge du bronze, mais il y a aussi des amas de pierres dont on ignore la fonction précise, des "fours du diable", "murgers de sorcier" ou "églises de géant". Selon certaines interprétations, ce pourrait être des mont-joies.

En Laponie, ces monticules portent également le nom de "pierres à tapage", et certaines légendes parlent d'un "peuple bruyant" qui aurait jadis vécu dans les forêts. On raconte que les lutins et autres créatures sylvestres jouaient parmi ces pierres et que c'est pour cela qu'elles résonnaient de bruits étranges.

Certains amas étaient peut-être aussi des lieux sacrificiels, car on a souvent trouvé sous les pierres ou à proximité des os d'animaux sauvages.

Par leur forme et par la présence d'ossements, ils font en outre penser à certaines pierres sacrées de Laponie, qu'on appelait jadis "pierres de géant".

Des os d'animaux ?

Dites-moi, ô livres, si l'on a trouvé sous ces pierres ou à proximité des carcasses de renne, d'élan, de renard, de glouton. Ou des os de loup, ou d'ours, ou de fragiles squelettes de lynx.

Ou y a-t-on par hasard trouvé, ô livres – mais vous ne le dites pas –, un nombre surprenant d'ossements d'animaux dont la découverte dans la nature est en général infiniment rare… des os de troll ?

ANNI SWAN, *Le Troll de la montagne et la Bergère*, 1933

La montagne entière se mit à trembler et à gronder, une pluie de rochers s'abattit sur le sol dans un bruit de tonnerre, et c'est à peine si elle eut le temps de fuir par la brèche avant que les parois s'écroulent dans un immense fracas, réduisant les salles d'apparat du troll en un tas de pierres grises recouvertes de mousse.

Personne n'entendit plus jamais parler du troll de la montagne. Qui sait s'il n'avait pas été enseveli là-bas, dans sa grotte sous les pierres ? Quant à la bergère, elle courut bien vite retrouver sa maison et ses pâturages en bordure de la verte forêt et de la mer bleue.

III

JE RESTE AVEUGLÉ PAR TANT DE BEAUTÉ

Pessi perd ses poils par poignées et l'appartement entier est plein de moutons noir d'encre, les fauteuils, les rideaux, les tapis, tout grisonne. Je tente de faire le ménage à l'aspirateur, et Pessi se précipite comme l'éclair sur le porte-chapeaux dès que le moteur se met en route, il grimpe le long de la manche de mon trench, qui commence à être complètement râpée, et reste accroupi là-haut d'un air boudeur, telle une gargouille renfrognée sur les tours de Notre-Dame. Il déteste le bruit de l'engin, même s'il s'y habitue heureusement petit à petit.

Il n'a pas l'air malade, non, mais sa fourrure emplit chaque jour d'un tourbillonnant nuage sombre le tuyau de l'Electrolux.

Je téléphone sous un faux nom à SOS-Vétérinaires et je décris la chute des poils de Pessi. Je prétends qu'il s'agit d'un chien et je demande si le traitement antiparasitaire que je lui ai récemment administré pourrait expliquer le phénomène. Mon interlocuteur récuse l'idée, on n'a jamais observé pareil effet ; il s'enquiert de la race de l'animal et j'invente un bâtard avec une grande part de husky.

"A part ça, il est tout à fait joueur et normal."

Le vétérinaire réfléchit un moment.

"Ça ressemblerait à une mue de printemps tout à fait ordinaire, si nous n'étions pas en plein hiver, mais…"

J'inspire profondément. Une mue de printemps, bien sûr.

A cette époque de l'année, les trolls devraient normalement être profondément endormis dans une anfractuosité de rocher sous la neige ou, à défaut, grelotter dans leur épaisse fourrure à terroriser la population du Nord-Est, mais l'invariable température de vingt degrés de mon appartement est pour Pessi comme un nouveau printemps, quelque peu en avance sur le calendrier.

Le vétérinaire me conseille de venir consulter avec mon chien et je promets docilement de prendre rendez-vous dès que j'aurai vérifié mon emploi du temps. Pessi dort sur le canapé et mon cœur est si débordant de joie et de soulagement que je m'approche et pose un bref baiser entre ses oreilles pointues, qui tressaillent, ensommeillées.

PALOMITA

Il fait si noir.

Nous avons un proverbe : l'époux est le pilier du foyer, l'épouse est sa lumière.

On m'a expliqué ce que ça veut dire, qu'on peut se passer de lumière mais que, sans pilier, la maison s'écroule.

Le matin quand Pentti se réveille il fait noir. Quand il revient du travail il fait noir. Au milieu de la journée, il y a un bref instant gris.

Ici, on se passe de lumière. D'épouse. Car je n'en suis pas une, bien que je sois mariée. Je suis une maîtresse, une *querida*. Quel homme voudrait une épouse mais pas d'enfants ?

Quand je suis arrivée ici et que Pentti ne me faisait encore qu'un peu peur, il m'a emmenée chez le docteur et lui a parlé comme si je n'étais pas là ; il a dû lui dire que je ne parlais pas un mot d'anglais, car c'est à lui que le médecin a posé toutes ses questions, pas à moi. Et je me suis retrouvée sur une table avec des étriers et le docteur m'a regardée et tâtée à m'en faire jaillir les larmes des yeux, puis il a enfoncé en moi quelque chose dont Pentti m'a dit plus tard que c'était pour ne pas avoir d'enfants.

J'ai pleuré, d'avoir commis un aussi grave péché. J'ai pleuré plusieurs jours et je ne me suis arrêtée que quand j'ai été punie, mais maintenant je ne suis plus si triste. A ce propos-là du moins, même si c'est sûrement un péché, au moins véniel, de penser ainsi. Il y a des endroits où il ne fait pas bon avoir des enfants.

Il fait si froid ici.

ANGE

Il se réveille à la tombée du jour et grimpe sur l'appui de fenêtre pour regarder les illuminations de Noël de la rue Pirkka. Il cherche les œufs de caille que je cache et folâtre comme un poulain dans un pré lorsqu'il en déniche un. Il vient s'asseoir d'un bond à côté de moi sur le canapé quand je regarde la télévision, m'emplissant les narines d'une soudaine bouffée de son parfum de genévrier.

Le duvet qui apparaît sous ses longs poils soyeux est presque invisible, si ras et serré qu'on pourrait croire qu'il n'y a que de la peau nue, noire et brillante. Mais sa mue ne lui a pas fait perdre sa crinière et sa mince silhouette dressée ressemble à s'y méprendre, de loin, à un jeune garçon légèrement stylisé, à la manière des animaux anthropomorphes de certains dessins animés pour enfants. Ses petits muscles durs et gorgés d'énergie fonctionnent avec une précision extrême.

Il y a, dans ses mouvements, une involontaire séduction.

Il suit pendant des minutes entières, la tête penchée, le va-et-vient de ma main sur la souris de l'ordinateur.

Au fond de moi, je palpite et je brûle.

"Calvin Klein émoustille les ocelots", *Le Matin de Tampere*, 5 août 1999

Reuters – Dallas. Les scientifiques du zoo de Dallas, en cherchant le moyen d'inciter les ocelots à se reproduire, ont fait une découverte prometteuse. Il semblerait qu'un parfum excitant les femelles de cette espèce rare de chats sauvages ait enfin été trouvé – l'eau de toilette *Obsession for Men* de Calvin Klein.

Quatre ocelots femelles en captivité ont réagi plus fortement à cette odeur qu'aux arômes naturels qui étaient testés dans le but d'encourager les chats-tigres vivant en liberté à s'accoupler plus activement, a annoncé le docteur CYNTHIA BENNETT, vétérinaire du parc zoologique.

"Nous avions notamment utilisé des excréments de rat et des sécrétions des ocelots eux-mêmes, a-t-elle expliqué. Puis mon assistant a essayé l'eau de toilette de Klein, parce que de nombreux animaux l'apprécient, et l'odeur a mis nos femelles en transe."

Les félins se sont mis à se rouler et à se frotter partout où le parfum avait été vaporisé. Leur réaction ressemblait aux démonstrations d'amitié d'un chat domestique.

La sous-espèce texane de l'ocelot n'est représentée dans la nature que par 100 à 120 individus et les odeurs sont un des seuls moyens dont ils disposent pour trouver leurs congénères.

ANGE

Mon désir est tel, à cet instant précis, que j'en hurlerais, et c'est pourquoi je me moque de savoir, dans l'affaire, qui je peux blesser et à quel point.

ECCE

Ange est si craquant que j'en crierais, il me fait penser au viril flotteur de bois d'un film des années vingt ou trente, avec sa mèche blonde qui lui tombe sur les yeux quand, l'air farouche, il manie la gaffe pour débâcler des grumes, en équilibre sur un tronc au milieu des rapides, chaussé de bottes à bout retroussé, le torse luisant de transpiration. Je me glisse à côté de lui, je pose ma chope de bière sur la table ; il tourne un instant les yeux vers moi, mais il ne s'y allume pas la moindre lueur d'intérêt.

"Je me présente : Ecce. Il paraît qu'on te surnomme Ange. Ça ne m'étonne pas, à vrai dire."

Il grimace. "Je m'appelle Mikael, en réalité."

Je fais comme si je venais de comprendre. "Bien sûr, c'est de là que ça vient. L'archange."

Ange a l'air d'avoir déjà entendu ça, mais je continue bille en tête dans la voie que j'ai choisie.

"Tu sais certainement déjà que tu es le saint patron du dimanche. D'après les astrologues, chaque jour de la semaine a son ange gardien, Cassiel pour le samedi, Michel pour le dimanche, Gabriel pour le lundi, Camaël pour le mardi, Raphaël pour le mercredi, Sachiel pour le jeudi.

— C'est incroyablement passionnant", constate Ange d'un ton lourd de sarcasme, mais, en même temps, il tombe dans le piège. "D'autant plus que tu as oublié le vendredi.

— Ça ne m'étonne pas que ce soit précisément celui-là qui t'intéresse. L'ange du vendredi est bien sûr ce bon vieil Anaël."

Ange manque recracher sa gorgée de bière sur la table. "Celui-là, c'est toi qui l'as inventé."

Je souris d'un air aussi ambigu que possible. "On trouve à vrai dire selon les livres des renseignements un peu différents. Tu peux venir étudier mes sources quand tu veux."

Ange rit de nouveau ; je vois dans son regard que désormais j'existe pour lui, et je me félicite presto : encore gagné, Ecce.

JUKKA KOSKIMIES, “Les rapports hiérarchiques dans le monde animal”, *L'Encyclopédie des jeunes*, n° 5, 1965

Dans l'univers des poissons d'aquarium comme, dans la nature, dans les colonies de nidification ou d'hivernage des oiseaux ou dans les sociétés que l'on rencontre par exemple chez le rat, le chien, le loup, le troll, la plupart des cervidés, le singe et – bien sûr – l'homme, certains individus cherchent à toute force à dominer, tandis que d'autres préfèrent se soumettre.

Sur quels critères une telle hiérarchie s'instaure-t-elle donc au départ parmi les animaux ? Il semblerait que la position de chacun dans la communauté se détermine le plus souvent à partir d'une sorte de première impression. Quand deux individus se trouvent en présence l'un de l'autre, l'on voit presque aussitôt clairement qui est le dominant et qui est le dominé. Aucun affrontement physique n'est en général nécessaire. Celui qui par son aspect, et surtout par l'assurance de son comportement, fera l'effet le plus puissant et le plus convaincant verra l'autre lui céder le pas. Et la relation ainsi établie demeurera très longtemps inchangée, jusqu'à ce qu'un jour, peut-être, pour une raison ou une autre, elle soit remise en cause. Chaque individu se confronte ainsi à chaque autre, et le résultat est vite évident, non seulement pour les protagonistes, mais – plus extraordinaire – pour toute la communauté. Chacun connaît parfaitement chaque autre membre du groupe et sait quelle attitude adopter vis-à-vis de lui.

ECCE

Contre moi, le corps d'Ange irradie comme une fournaise. Nous sommes dans cet état où la sueur a eu le temps de sécher et où trouver quelque chose à dire est ce qu'il y a de plus difficile.

Plus tôt dans la soirée, les choses étaient plus simples. Ange m'a raconté son enfance dans le Nord, sa jeunesse, et après la troisième chope il m'a parlé de son frère : de deux ans son cadet, archéologue et photographe animalier hors pair. Mort il y a maintenant un an. D'une balle perdue dans la forêt, alors que la chasse à l'élan n'était même pas ouverte. Il avait été porté disparu pendant quelques semaines, puis un cueilleur de myrtilles est tombé sur le corps. Un trou dans la nuque. Aucun indice sur le tireur, on n'a même pas retrouvé la balle. Je me rappelle comment, à ce moment-là, j'ai posé ma main sur la sienne, je l'ai serrée avec compassion ; et Ange a levé les yeux vers moi et mon cœur s'est mis à danser le cha-cha-cha.

Il est couché sur le ventre, je laisse courir ma main sur son dos et ses fesses.

Il tressaille, à peine l'ombre d'un frisson, et fait exactement ce que je craignais. D'un mouvement d'une insouciance, d'un hasard ô combien calculé, comme mû par une impulsion, il s'assied, tend le bras vers son jean, rejette une boucle blonde de son front, et mon pouls s'emballe, car derrière ses lèvres est en train de se former la phrase que je ne veux pas entendre.

ANGE

Ecce est petit et brun, du genre rat de bibliothèque. Coiffé n'importe comment, de grosses lunettes, les épaules étroites, les jambes courtes, les hanches un peu larges. Pas du tout mon genre.

Sa cambuse est tapissée de livres. Ils poussent sur les murs, couvrant tout, telle une végétation moussue et bigarrée, et cherchent à coloniser l'espace autour d'eux en projetant leurs tentacules anguleux sur les appuis de fenêtre, les tables, les chaises et le plancher. Impossible de faire deux pas sans trébucher sur un bouquin. Et jusque dans l'entrée, la salle de bains et la minuscule chambre à coucher, les cloisons disparaissent sous les rayonnages. Les livres de poche sont entassés sur deux rangées d'épaisseur. Au milieu de la jungle de papier émerge bien sûr un écran d'ordinateur. Ecce est un adepte du PC, moi du Macintosh, et nous nous sommes livrés dans la soirée à une allègre et furieuse controverse sur les mérites respectifs de nos bécanes, j'ai écoulé mon stock de blagues sur Bill Gates et soutenu que Microsoft avait piqué toutes ses bonnes idées à Apple, et nous avons terminé par un pinaillage hautement jouissif après que j'ai négligemment laissé tomber qu'il avait fallu attendre Windows 98 pour pouvoir brancher plusieurs moniteurs sur la même unité centrale, alors que le système d'exploitation du Mac offrait depuis des années déjà cette fonction indispensable à tout traitement d'image professionnel. Notre discussion tenait à la fois de la joute et de la drague, d'un chant d'amour et d'un festival de réparties et de piques, comme j'en ai connu il y a quelques années avec un jeune confrère particulièrement irrésistible, à propos des avantages comparés de Nikon et Canon.

Je fais le tour du séjour, je me promène en regardant les tranches des livres, il est temps que j'y aille mais je n'y arrive pas, je ne trouve pas les mots pour décrocher le regard d'Ecce qui adhère à ma nuque comme une colle à chaud.

Je n'ai encore jamais laissé Pessi seul toute la nuit.

"Je ne suis pas très doué pour le ménage", explique Ecce quand le doigt que je passe sur le dos d'un bouquin soulève un nuage de poussière. "Mais j'essaie de maintenir un semblant d'ordre. Il m'est arrivé une fois un truc assez traumatisant..."

Je hoche la tête. Je suis en train de regarder une vitrine où sont rangés quelques très vieux in-folio. Ecce tient un magasin où il vend à la fois des livres d'occasion et du matériel électronique mais, à l'en croire, la plus grande partie de son stock de bouquins finit toujours chez lui. Les jeunes mordus d'informatique n'achètent guère côté librairie que des bandes dessinées d'*heroic-fantasy*, paraît-il.

"J'habitais Pispala, à l'époque, au rez-de-chaussée d'une vieille villa. Une chambre bon marché pour étudiant fauché. Chauffage au bois et tout le reste. Il n'y avait pas vraiment de rangements, deux vagues placards tout en hauteur, et pas d'endroit pour les tasses à café, les verres, etc. Mais j'avais trouvé deux bouts d'agglo dans le bûcher, que j'avais posés sur des briques, au-dessus de la paillasse en zinc de l'évier, pour faire des sortes d'étagères."

J'ouvre avec précaution la vitrine, les livres dégagent une enivrante odeur de vieux papier, un peu comme une scierie après la pluie, et le parfum vient donner du corps à l'histoire d'Ecce.

"L'été est arrivé, long, beau et chaud. A faire la vaisselle, l'agglo à côté de l'évier avait bien sûr souvent été mouillé. Un matin, je me suis levé avec une légère gueule de bois après être resté jusque tard dans la nuit à une terrasse de café et je suis allé dans la cuisine boire un verre d'eau. Et là, crois-moi, j'ai hurlé."

Je me tourne pour regarder Ecce, amusé. Il écarte les mains d'un air innocent.

"L'agglo était couvert de champignons d'un pied de haut. D'un gris-mauve répugnant. Avec de grands chapeaux et des lamelles et tout."

J'éclate d'un rire incrédule.

"Des champignons. Sur ton évier.

— Des champignons. Le… le copain qui se trouvait là avec moi a froidement suggéré d'en faire une omelette pour le petit-déj'. Mais j'ai viré les étagères dehors, vite fait bien fait, en me retenant de gerber. C'était de l'humus pur, par en dessous."

Je grimace. "On croirait un extrait de film surréaliste.

— Peter Greenaway, très nettement. Un nouveau chef-d'œuvre, *La Vengeance de la nature*. Ou comment la forêt sauvage s'infiltre insidieusement dans la vie proprette de citadins sans méfiance. Dans la séquence suivante, une mère de famille trouve une pomme de pin dans sa boîte de Tampax."

J'émets un petit rire étouffé et je me retourne pour examiner les livres. Mes doigts tombent sur un bouquin à l'air vraiment antique, l'extraient de la bibliothèque.

J'inspire profondément.

Gustaf Eurén, *Les Carnassiers de Finlande, illustré de gravures.*

"Il date de 1854", dit Ecce. Il se tient soudain juste derrière moi.

Je me tourne vers lui. "Prête-le-moi."

Ange est saisissant de beauté, debout avec le livre d'Eurén à la main, si radieux que je suspends mon geste, mon bras qui s'apprêtait à se poser sur son épaule et à l'attirer vers moi. Ses cheveux blonds comme les blés, qu'on croirait sortis d'une publicité pour céréales ou d'un roman d'Aleksis Kivi, sont tout ébouriffés, et il serre contre sa poitrine nue mes *Carnassiers de Finlande*, une perle rare, un trésor de bibliophile.

"Il est très ancien. Et très précieux." Même à mes oreilles, mes mots sonnent creux. Je me vois soudain en vieil harpagon, agrippé de ses doigts crochus à ses trésors poussiéreux.

"J'aimerais vraiment le lire."

Je le regarde avec désespoir. Je vois dans ses yeux qu'il me jauge. Jusqu'où suis-je prêt à aller pour quelqu'un qui a autant de talent et de succès, qui est beau, et foutrement bandant, et plus loin au-dessus de moi qu'un lynx courant en liberté ne l'est d'un vison promis à être écorché qui se recroqueville dans sa cage, avec pour seules armes sa souplesse et ses dents, petites mais pointues ?

"Et moi j'aimerais vraiment qu'il ne lui arrive rien. C'est un exemplaire rarissime.

— Je veux bien te croire.

— Je ne prête pas mes livres, en principe. Mais ici, chez moi… on peut les lire tant qu'on veut."

Je me rends compte, en même temps, de l'effet que peuvent produire mes paroles. *Entre dans ma grotte, jeune homme.* Viens, laisse-moi te prendre dans ma toile et t'empêcher de jamais retrouver le chemin de la sortie.

Ange a vraiment l'air sérieux, il pointe Eurén vers moi comme une lettre d'adieu.

"OK, tant pis. Je comprends. Tu dois sacrément y tenir."

Sa voix sonne comme un défi : ce livre est précieux, d'accord, mais *moi*, à combien m'évalues-tu ?

"Tu ne me croirais pas, si je te disais ce qu'il coûte."

Ange se tourne, soupire, fait mine de remettre le livre dans la vitrine ; et je sais aussi bien que lui que c'est du théâtre, qu'il me laisse une chance. Et je m'empare de la perche tendue, je lui saisis le poignet – ces délicates éminences osseuses, cette peau au grain si fin – et je stoppe son mouvement.

"Prends-le."

Il y a dans le petit rire d'Ange un caverneux écho de triomphe ; sans lâcher le livre, il m'entoure de ses bras et m'embrasse sur la bouche, vite et fort. Un baiser jeté, me dis-je. *Un baiser jeté comme un os à un chien.* Et Ange a les yeux qui brillent.

"Et tâche de ne pas te servir d'une rondelle de saucisson comme marque-page", dis-je encore, sans illusion, et Ange rit de nouveau, juste assez joyeusement, juste assez légèrement pour que je comprenne que mon heure de gloire est passée, l'instant magique enfui, et qu'il ne me reste qu'une contracture au bas-ventre et un plancher jonché de pelures de latex.

ANGE

En peignoir, je m'assieds dans un fauteuil et j'ouvre le livre. J'ai été prendre une douche et j'attends que Pessi ait fini de manger pour nettoyer la salle de bains et aller me coucher.

"Les carnassiers sont en Finlande très nombreux, commence Eurén, et ce sont tous des animaux nuisibles." Il décrit avec une précision méticuleuse l'aspect et les particularités physiques des carnivores. J'entends des bruits sourds et une griffe qui gratte le carrelage ; Pessi pourchasse un cochon d'Inde essoufflé tout autour de la salle de bains et le projette de temps à autre contre les murs, si bien que je vais de nouveau devoir récurer longtemps les éclaboussures avec le nettoyant au citron.

"Vu qu'afin de mastiquer différentes matières différents instruments sont nécessaires, l'on peut rien qu'à la forme des dents de chaque animal conclure de quoi il vit. Et parce que l'on peut de la même façon déduire de l'aliment le moyen de locomotion que l'animal requiert afin d'obtenir la nourriture convenant à ses dents, ainsi que la force et les autres caractères anatomiques nécessaires pour se procurer cette nourriture, la porter, etc., l'on peut presque déterminer par le seul examen des dents la physionomie entière de l'animal."

J'entends un couinement, suivi d'un craquement, car je n'ai pas eu le réflexe de me couvrir assez vite les oreilles avec les mains. Pessi a brisé l'échine du cochon d'Inde d'un coup de dents. Eurén en arrive précisément aux félins.

"Les plus grandes bêtes de cette famille, telles que le lion, le tigre, la panthère et le lynx, sont terriblement féroces. Quelques chasseurs prétendent avoir aussi rencontré des trolls, que l'on nomme également gobelins ou démons des bois en raison de la rapidité de leurs mouvements, et dont certains affirment qu'ils appartiennent soit à la race féline soit aux guenons. Rares sont cependant ceux qui ont vu cette créature et encore plus rares ceux qui se vantent d'en avoir abattu une, de sorte que l'on peut considérer le troll comme un pur être de légende."

Je retire prudemment mes mains de mes oreilles. Tout est silencieux : apparemment, Pessi mange. Eurén poursuit à propos des fauves.

"Ces bêtes sont aussi semblables aux serpents en ce qu'elles sont bigarrées et de nature perfide, s'enroulent sur elles-mêmes pour dormir et dégagent une odeur fétide lorsqu'elles sont en colère."

Je souris. La porte grince, Pessi sort de la salle de bains l'air repu et content, sa petite langue rouge pourlèche ses babines telle une flamme. Il bondit droit dans mes bras sur le canapé et se pelotonne sur mes genoux. Son enivrante odeur de baies de genièvre me monte aux narines et son poids chaud sur mes cuisses, rayonnant de l'excitation de la chasse, est à peine supportable. Pessi nettoie paresseusement le sang des commissures de ses lèvres et, sans vraiment savoir ce que je fais, je le tire un peu plus près de moi, à peine et tout doucement, et au moment où son dos chaud touche mon ventre, j'explose tel un volcan.

Mon cœur bat aussi vite et fort qu'un marteau-piqueur. Le dos de Pessi est taché de sperme, comme mes cuisses, et j'essaie de toutes mes forces de ne pas penser à ce qui vient de se passer. Instinctivement, j'éloigne le fragile bouquin jauni et, au même moment, Pessi s'écarte un peu, pas par irritation mais par commodité, il n'a pas fini sa toilette, et je le repousse de mes genoux d'un geste si soudain, presque violent, qu'il prend peur, file dans l'entrée et cherche à grimper sur le porte-chapeaux. Ses puissantes pattes de derrière battent l'air et heurtent le cadre du miroir, qui tombe avec un bruit sourd sur l'épais tapis au moment où je me rue dans la salle de bains pour laver le liquide honteux.

Poèmes anciens du peuple finnois, 1929, VII, I, 375, Impilahti, village d'Uomaa, Trofim Sosonov, "Demande à Hiitola"

"Qui êtes-vous comme prétendants ?
— Nous sommes les tireurs de seine.
— Qui cherchez-vous à marier ?
— Les filles des diables des forêts,
les enfantelettes des gens des monts."

ANGE

Je voudrais ne pas avoir à faire ça, mais je n'ai pas le choix.

J'ai installé Pessi dans une voiture d'enfant que j'ai empruntée dans le hall de l'immeuble, personne ne s'en plaindra, il fait nuit. Je l'ai enveloppé dans le plaid du canapé pour qu'aucun passant ne se pose de questions inutiles. Ses oreilles s'agitent et ses narines frémissent, titillées par la foule d'odeurs de la ville.

A l'orée de la forêt qui s'étend vers Pirkkala, je le libère de la couverture. Je lui ôte le collier et la laisse qui le tenaient attaché au landau. Il y reste recroquevillé, noir et nu, tremblant, et un flocon de neige solitaire descend doucement sur sa crinière noire, où il fond telle une larme.

"Va-t'en, dis-je dans un murmure. Va-t'en."

Pessi tremble de plus en plus fort, je le sens vibrer entre mes mains quand je le pose debout dans la neige, puis je fais demi-tour avec la voiture d'enfant et je reprends le chemin de la ville en essayant de ne pas regarder en arrière.

Mes pas crissent tristement sur le sentier. Soudain un autre bruit s'y mêle, des grattements de griffe furieux et, avant même que j'aie eu le temps de me retourner, quelque chose s'agrippe comme un tigre à ma cuisse droite.

Pessi est accroché des quatre membres à ma jambe et lève droit vers moi un regard si intense qu'il me frappe comme un coup. Un petit son miaulant s'échappe de son gosier. Il tremble si fort que la résonance me fait vaciller.

Il ne survivra pas, dans le froid de l'hiver. Il est nu, et c'est moi qui l'ai déshabillé.

MIKAEL AGRICOLA, préface de la traduction en langue finnoise du *Psautier de David*, 1551

Les esprits sousterrains leurs offrandes recevoient
Car avecque les veuves iceulx s'unissoient.

Ce peuple n'estoit-il point possédé
Pour onques croire en eux et les prier ?
Les poussoient le démon et le péché
A les adorer et se prosterner.

ANGE

Le miroir est toujours sur le tapis de l'entrée. Je ne l'ai pas ramassé, et maintenant je me tiens là, plié en deux, essoufflé, impuissant, sans parvenir à faire aucun geste sensé.

Le plaid a repris sa place sur le canapé. Pessi tremble encore un peu mais commence visiblement à se calmer. Il s'est collé le dos au radiateur, sa queue vibre très légèrement, telle l'aiguille d'un instrument hypersensible.

Puis il vient dans le vestibule, prudemment, étonné de mon immobilité et de ma tête pendante. Le miroir fait comme une petite mare ronde dans le tapis moelleux.

Je me penche au-dessus de la glace, où mon visage vient se refléter. Et, à côté de ma tête, surgit un visage plus petit, noir, aux oreilles pointues, dont les yeux orangés brillent de curiosité.

Pessi touche le miroir de la patte. Il me regarde, puis regarde à nouveau le reflet. Il montre les dents et recule un peu quand le troll de la glace lui rend sa grimace, mais il se rapproche presque aussitôt et tâte encore une fois du bout des doigts la surface froide du verre.

Nous nous contemplons, le troll et moi ; la lumière de la lampe entoure ma tête d'une auréole blanche et la silhouette noire de Pessi se détache à mon côté ; nous nous regardons, nous, notre reflet, et encore nous.

EINO LEINO, "Le gobelin de la nuit", *Chants de Helka*, II, 1916

Le noir gobelin de la nuit
Du soleil sentit les prémices
Sur la crête d'un mont du Nord
A l'orée du printemps nouveau.

En son âme sombre il songea :
"L'astre du jour je dois occire
Et tuer la lumière, au nom
De la grande nuit vénérée,
Du cœur de mon obscurité."

Les gobelins haïssent le jour.

Parvenu au sommet du mont
Sous les aurores boréales,
Il regarda les cieux en flammes,
Un sourire à sa lèvre éclos :
"Mon allégresse est plus immense,
Ma liesse plus retentissante
Que les festins des dieux du jour,
L'hymne des fils de la lumière."

La nuit était vaste alentour.

L'obscur de cristaux scintillait
Telles de noires imprécations,
La mer geignait dans sa blancheur
Pareille à l'esprit endurci,
De l'âpre terre sépulcrale

Sourdait la forêt enneigée,
Bravade de héros glacial,
Haine d'acier étincelant.

Le gobelin de la nuit eut
Un rire : "Relève la tête, ô jour,
Et viens trouver ici cent morts,
Mille aiguillons inexorables !"

Une lueur naquit au loin.

Le gobelin sentit son cœur
Entre ses côtes tressaillir,
De rage, il se saisit la tête :
"Où donc fuis-tu, ô ma raison ?"

L'horizon et la forêt drue
Dans la clarté se dessinèrent,
L'aube baigna de sa lueur
Jusqu'aux tréfonds les plus obscurs,
De la tête dressée du jour
Jaillirent des traits enflammés,
Des flèches qui vinrent frapper
L'esprit sortant de la nuit noire.
Pareille au ciel sous le soleil,
L'âme du gobelin blanchit,
Telle la harpe du printemps,
L'être du gobelin vibra,
L'un dans les autres se fondit,
D'un unique feu brasillant,
A l'unisson en un seul chant,
Et s'éleva vers le zénith,
Outre les neuf arches du ciel,
Au-delà des dix firmaments,
Jusqu'à trouver sa vraie demeure,
La félicité du Très-Haut,
La profonde paix de la Vie
Et l'Amour le plus infini.

Un chœur s'exhala de la nuit,
Une extase des flancs du jour :
"Du pire mal naît le meilleur,
Dans la laideur point la beauté,

Le bas du haut n'est qu'un degré."

Mais sur terre les hommes dirent :
"Le gobelin fol à jamais
Emprisonné dans la blancheur,
Lui le fils de l'obscurité,
Du jour chante là les louanges !"

Les cieux à leur endroit sourirent.

Mais jamais il ne retrouva
Sa glaciale raison enfuie
Et trépassa avec l'hiver,
Frère de la bise, en se jetant
Au cœur de la fournaise du jour,
Dans le rayonnant sein de Dieu.

ANGE

J'avais complètement oublié Martti. C'est invraisemblable. Mais quand je l'entends au bout du fil, j'ai soudain les jambes qui flageolent.

Sa voix est douce et un peu rauque, comme toujours, mais je n'arrive pas à y croire, je ne veux pas comprendre ce qu'il dit.

Il s'étonne de ne pas avoir eu de mes nouvelles à propos du projet Stalker. A moins que je ne passe vraiment toutes mes nuits à courir derrière un toubib pour canassons, comme on le raconte en ville ?

Je bafouille, je tente de m'expliquer, rien ne presse, j'ai bien sûr des idées, il y a juste eu un petit contretemps… Mais une ironie vénéneuse perce dans les paroles de Martes, je ne prends apparemment même plus au sérieux ses instructions, je ne prends plus au sérieux notre collaboration. La campagne Stalker est importante pour lui, c'est un des plus grands défis de sa carrière. Je n'ai quand même pas l'intention de le décevoir… sur ce point-là aussi.

J'entends tout, absolument tout ce qu'il y a entre les lignes.

Je suis au bord des larmes quand il coupe la communication.

Intervention du professeur Martti Soikkeli, de l'université de Turku, dans l'émission de télévision scolaire Le prédateur est-il cruel ?, *TV 1, 19 octobre 1999*

“La cruauté consiste à causer à autrui une douleur, une souffrance morale ou physique, et à le faire délibérément et à dessein, en étant conscient que l'autre en pâtit. Et lorsqu'on se demande si les prédateurs savent, en tuant et en déchiquetant leurs proies, que ces dernières en éprouvent de la douleur et de la souffrance, la réponse est de toute évidence non. Ce que nous appelons la morale, autrement dit la conscience du bien et du mal, n'existe pas dans le monde animal. Nous, les hommes, nous avons une morale, nous connaissons la différence entre le bien et le mal, mais les animaux l'ignorent.”

ANGE

Dans mon studio, je prends Pessi sur mes genoux et je lui enfile un Stalker, d'un seul coup, car je sais qu'il ne me laissera pas de seconde chance. S'il avait eu le réflexe de sortir les griffes de ses doigts de pied, je n'aurais jamais réussi à remonter le jean sans qu'il soit complètement déchiqueté. La taille 5-6 ans lui va comme un gant. Je réussis à fermer le zip et le bouton de cuivre et à tirer la queue de Pessi dehors par le trou que j'ai découpé à cet effet avant qu'il comprenne qu'il s'est fait avoir. Puis je le jette – transformé en une pelote sifflante et crachante, hérissée de griffes tranchantes comme des rasoirs – devant le fond que j'ai préparé, et je laisse tourner le moteur.

Pessi déteste tellement le Stalker qu'au lieu d'escalader les murs, il reste exactement là où il faut, en plein dans le cadre, sous le feu des projecteurs, à virevolter et pirouetter en tentant de se débarrasser de la camisole de force bleu indigo qui emprisonne ses pattes de derrière. Malgré les lampes qui doivent infliger une réelle torture à ses yeux d'animal nocturne, Pessi lutte avant tout contre le Stalker. Il bondit de toute la force de ses époustouflants muscles à ressort à un mètre de hauteur, se tortille tel un grotesque *go-go boy*, se roule sur le dos comme un danseur de hip-hop et essaie d'arracher le jean avec ses membres antérieurs ; mais le denim résiste, en tout cas pour l'instant, et Pessi se tend comme un arc, debout sur deux pattes, lacérant de ses griffes les passants de ceinture, et je ferme presque les yeux, tellement le cliché s'annonce parfait ; Pessi balaie le sol blanc de sa crinière noire, dresse son arrière-train, couronné comme de bien entendu par sa queue battant de rage impuissante, et rugit entre ses jambes en direction de l'appareil photo ; et l'obturateur cliquette, la lame de jais et d'indigo fend l'air, crie, se débat, saute, tournoie et se tord, et tout est enregistré sur la pellicule, deux vues par seconde, comme si l'énergie crépitante de Pessi s'y imprimait directement.

Quand la toile du jean se déchire enfin, je suis aussi soulagé que lui ; il me semble que je respire pour la première fois depuis longtemps lorsque je vois la première couture craquer, sur le côté de la cuisse, là où les griffes de Pessi ont le plus facilement accès, puis ce ne sont plus que flocons de tissu bleu tourbillonnant en tempête, et il pantelle au milieu d'eux avant de s'écarter d'un saut du faisceau des projecteurs. Il bondit vers moi, grimaçant, les yeux brûlants et les griffes dehors ; mais quand je lève la main, il se rappelle la menace, le journal roulé, et court courbé en deux se réfugier dans un coin. Je rembobine le film couleur inversible, je fais tomber la cartouche au creux de ma paume, je la serre dans mon poing ; et, dans la pénombre, je ne distingue que la queue de Pessi qui bat, qui bat et se balance tel un fouet furieux.

Histoires de trolls, éditions de la Société de littérature finlandaise, 1990. Récit de Roope Hollman, valet de ferme, Haukivuori, 1884

Des malandrins vinrent un soir à la ferme demander asile pour la nuit, se prétendant trimardeurs. Le patron leur dit : "Nous n'avons pas la place de vous loger ici. Mais il y a une grange à l'orée de la forêt ; si vous voulez, vous pouvez y dormir."

Les malandrins allèrent dans la grange. Or un troll y avait élu domicile et voilà qu'au matin il rentra au logis. Avisant la hotte des gredins, il se mit à fouiller dedans et à se caler les joues avec la viande qui s'y trouvait. Voyant ça, les malandrins crièrent au fermier : "Holà ! l'homme, viens chercher ton chat noir à la queue en pinceau !" Le patron fit celui qui n'entendait pas et continua de dormir. Ils crièrent de nouveau : "Viens mettre ton chat noir dehors, ou c'est nous qui le ferons !"

Le patron ne souffla mot. Les gredins braillèrent encore deux ou trois fois : "Dehors, dehors !" puis ils se jetèrent sur le troll. Mais ce dernier n'était pas un chat ordinaire et, en moins de temps qu'il n'en faut pour le dire, ils durent s'enfuir en sautant par la fenêtre.

Sept ans plus tard, les malandrins revinrent dans le même village. Ils demandèrent aux enfants qui étaient aux champs : “Avez-vous encore ce chat noir à la queue en pinceau ?” Les enfants répondirent : “Oui !”

Et les gredins n’osèrent plus jamais s’approcher de la ferme.

MARTES

Je regarde à nouveau l'écran, je zoome et j'en ai encore une fois le souffle coupé. "Nom de Dieu !" Je fais rouler lentement et silencieusement les mots dans ma bouche.

Nom de Dieu, ça en valait la peine, ça en valait vraiment la peine.

Mikael rayonne, quelque part derrière mon épaule, si près que je sens la chaleur de ses cuisses et, mal à l'aise, je me retourne, peut-être un peu trop vite, sur mon siège de travail à roulettes.

"Tu as fait ça dans Photoshop ?

— Oui", répond-il.

Je secoue la tête, avec un sourire involontaire que je vois aussitôt se refléter sur le visage de Mikael – je l'illumine à volonté, comme en appuyant sur un bouton.

"Chapeau. On ne voit aucun raccord, même en cherchant bien. A part peut-être une petite poussière à la jonction de la queue et du pantalon, mais il faut un œil de lynx aguerri comme le mien pour s'en apercevoir."

Mikael ébauche une grimace timide.

"Cela dit, ça s'est déjà vu. Une poignée de bonnes photos d'animaux, et tu demandes à un modèle habillé d'un jean de prendre à peu près les mêmes poses que la bête, tu scannes le tout et le tour est joué. Non ? Mais tu as vraiment fait un boulot monstre.

— Ça ne m'a pas pris si longtemps.

— Toujours aussi modeste. Et les photos de troll viennent des archives du parc zoologique d'Ähtäri, c'est ça ?"

Mikael rit nerveusement, il connaît la blague et elle est éculée. Chaque fois que quelqu'un à l'agence a une idée de pub avec un animal, que ce soit un ours, une taupe ou un pingouin, et que quelqu'un s'inquiète de savoir où on va trouver un bout de film ou des photos, il y en a toujours un pour lancer : "Dans les archives du parc zoologique d'Ähtäri", même s'il s'agit d'un rhinocéros blanc.

"J'espère qu'il n'y a pas de problème pour le copyright des photos de troll, je suppose que tu as scanné les originaux dans des banques internationales d'images... Mais elles n'ont pas été prises en se camouflant à l'affût dans une hutte près d'une charogne de renne. Où est-ce que tu les as téléchargées ?"

Mikael m'apprend qu'il a un frère, spécialiste des clichés d'animaux, qui travaille pour des photothèques et qui a fait une expédition en Carélie russe, où il y a plus de trolls qu'ici ; un popov du coin en avait découvert un pris dans le piège à ours d'un braconnier, et son frangin s'est trouvé là, par hasard, avant qu'on achève la bête. L'histoire explique l'incroyable netteté des images, l'impression de proximité et le fait qu'il n'y ait pas de broussailles dans le champ. Et Michel-Ange a si magistralement retravaillé les photos, nettoyant le fond et accentuant le contraste, qu'on les dirait prises en studio ; il a même reconstruit des ombres légères qui ont l'air si vraies que j'en suis sur le cul.

“Les droits ?”

Mikael poursuit, il parle un peu trop vite, avec trop de détails, mais ce n’est pas surprenant, il doit se douter du trésor qu’il vient d’enfourner dans mon ordinateur avec son CD. Les photos leur appartiennent, à lui et à son frère, c’est un arrangement privé entre eux, une vieille histoire de service rendu en échange d’un autre, la photothèque n’a rien à voir là-dedans. Et la facture peut être réglée au nom du Studio Hartikainen, son frère préférerait, d’ailleurs, pour des histoires d’impôts. La seule chose qui m’intéresse est que nous ayons vite les droits, tous les droits, nom de Dieu, sur les clichés.

“Et à part ça, qu’est-ce que tu en dis ?” demande Mikael, les joues rosissant comme celles d’une jeune mariée timide. Dans ses yeux brille une terrible soif de reconnaissance.

“Pas mal du tout.”

Il espérait à l’évidence quelque chose de plus, mais je dois jouer serré. S’il prend la pleine mesure de ce qu’il vient de laisser choir dans nos mains, il pourrait aussi demander un tel prix que… Enfin, un prix qui serait peut-être dans nos moyens, mais qu’il n’y a aucune raison de payer si on peut s’en sortir à moins.

“Vous allez pouvoir vous en *servir*, j’espère ?” Il y a maintenant carrément de la panique dans sa voix, et je sais que c’est le moment de porter le coup de grâce. Je pose sur son épaule une main lourde, virile et déterminée.

“Bien sûr que nous pouvons nous en servir. Pour une de nos propositions, en tout cas.” Dans les yeux de Mikael s’allume une lueur d’espoir, qui ne concerne pas seulement les photos et l’argent.

“C’est au cœur de l’actualité, en plus, avec tout ce battage médiatique, les journaux qui ne parlent que d'animaux sauvages massés aux portes des villes… le thème est porteur, et il y a les peurs des gens, le débat qui se développe…"

Mon pauvre vieux, me dis-je, tu n'as plus besoin de me faire l'article. C'est vendu.

"Allons prendre un café et parler argent." Je guide Mikael hors du bureau, et il manque s'emmêler les pieds en essayant de faire en sorte que ma main ne retombe pas de son épaule une seconde plus tôt qu'il n'est absolument nécessaire.

ANGE

Je suis assis au pub à boire une bière et mon cœur bat encore de bonheur et d'excitation.

C'est toi qui l'as fait, Pessi, c'est toi, dis-je tout bas. *Je t'ai déshabillé et je t'ai habillé, ensemble nous pouvons tout.*

Extrait du journal du garde-frontière Yrjö Luukkonen, Hoikkavaara, 1981

Vend. 10 juil. 1981

A mon arrivée à la hutte à 18 h 20, j'ai accroché du papier tue-mouche au plafond. Des corbeaux étaient occupés à becqueter la charogne. Des coucous chantaient tout près ; j'ai pris quelques photos. Les corbeaux ont fini de manger vers 21 heures et, depuis, c'est le calme absolu. A 22 h 50, le soleil est déjà assez bas pour que les cimes des arbres du bord de l'étang rougeoient dans la lumière. A 23 heures, je vois arriver un troll. Un grand mâle. Il s'approche lentement de la charogne, en s'arrêtant par moments pour écouter. Il se tient dans l'ombre des arbres et je ne parviens pas à le cadrer correctement. Puis il va droit à la carcasse en quelques bonds incroyablement rapides, arrache de la viande des côtes et la fourre aussitôt dans sa bouche. Il y a si peu de lumière que je n'essaie même pas de le photographier. Le troll s'occupe de détacher un gros morceau de la charogne, en s'aidant habilement des griffes de ses pattes de devant. Je décide de prendre quand même quelques clichés. Au premier bruit d'obturateur, l'animal se fige, et au deuxième il se redresse en sursaut. Il disparaît dans la forêt avec la pièce de viande, si vite que je n'obtiens que quelques photos floues. Je reste éveillé jusqu'à 4 heures du matin, mais le troll ne revient pas.

Sam. 11 juil. 1981

Au cours de la nuit, je jette plusieurs fois l'œil sur la charogne pour voir si quelque chose se passe – mais rien. Je rêve de saisir dans mon viseur un troll femelle avec ses petits, personne n'a jamais réussi à en photographier. Mais mon seul résultat reste le mâle d'hier.

Dim. 12 juil. 1981

Toujours rien. Je comprends que le mâle à l'oreille fine que le bruit de l'obturateur a effrayé ne revienne pas, mais on pourrait espérer que d'autres trolls s'égarent par ici.

Lun. 13 juil. 1981

Encore bredouille. Juste deux coucous près de la hutte et, à 21 heures, trois corbeaux venus festoyer. Ils sont repartis en direction du lac Hartikka à 21 h 45.

Mar. 14 juil. 1981

Arrivée à la hutte à 19 h 30. Il fait encore bien trop jour pour les trolls, mais un ours vient renifler la charogne. Il a sur l'arcade sourcilière gauche une zone pelée et enflée d'environ 4 centimètres de large qui lui ferme presque complètement l'œil, la paupière inférieure bordée de chair blanche et une griffure sur la joue droite.

Il se restaure et s'en va vers 20 h 20. A 23 heures, entrée en scène d'un ours n° 2. Peut-être les trolls n'oseront-ils plus s'approcher de la charogne, maintenant que les ours l'ont trouvée.

ANGE

Mais quand je rentre à la maison, ivre de joie,
la porte est entrouverte et Pessi a disparu.

PALOMITA

Mon sac est lourd de bonheur et cliquetant de défi. J'ai acheté de la nourriture pour chats, d'une autre sorte que la dernière fois. J'aimerais avoir des nouvelles du troll. Et de Mikael. J'ai mis de côté des consignes de bouteille et de la petite monnaie et j'ai payé la boîte à part pour que Pentti ne…

Un craquement dans l'escalier.

Une flèche noire, un éclair de nuit se fond dans l'ombre de la rampe, sous les marches, et je comprends.

Je l'ai déjà vu. Il a réussi d'une façon ou d'une autre à s'échapper de l'appartement.

Je pose mon cabas par terre et j'ouvre d'un geste la boîte de pâtée en tirant l'anneau du couvercle, je plonge les doigts dans la masse brun clair et je m'accroupis, j'agite la main dans les airs. J'appelle d'un doux sifflement. L'animal sent tout de suite la nourriture. Ses oreilles pointent du couvert de la rampe, puis il s'approche, en crabe, prêt à se sauver d'un bond, la queue vibrante, et vient pour finir s'asseoir devant moi. Ses narines frémissent dans son petit visage fin, il avance le museau d'un air soupçonneux, puis me lèche les doigts, comme s'il se rappelait – et peut-être se le rappelle-t-il – le jour où il était faible et malade et où j'étais sa *mamá.*

Puis des pas, des pas. En haut. Je lève les yeux, et le troll se tend comme un arc, mais ne détale pas. Mikael.

"Jésus, Jésus, Jésus ! répète-t-il. Au nom du ciel. Par l'enfer. Merci."

Il s'approche et prend fermement l'animal dans ses bras comme un enfant ; le troll se laisse faire, s'agrippe de ses pattes à sa chemise, tel un bébé singe. Sans un mot de plus, Mikael monte l'escalier, court, escalade les marches quatre à quatre, et je le suis, car je ne sais que faire d'autre. Mon cabas reste par terre dans l'escalier avec la boîte de pâtée ouverte. Je m'en moque.

Palomita me suit à l'intérieur. Je ferme la porte, je vais jusqu'au séjour et je pose Pessi par terre.

Je ne sais pas si je dois brandir mon journal roulé ou lui donner autant d'œufs de caille qu'il veut.

"Comment diable a-t-il fait ?" Je pose la question à voix haute, et tant pis si Palomita ne comprend pas. J'ai froid, mais en même temps je transpire par tous les pores. Et si cette commère, cette pipelette qui fourre son nez partout, avait vu Pessi dans l'escalier ?

Je me laisse lourdement tomber sur le canapé. Palomita s'assied à côté de moi. Je me lance dans un discours en anglais rapide, presque hystérique.

"Est-ce que je peux vous demander, est-ce que je peux espérer que vous ne disiez rien, que vous ne parliez à personne de mon troll ? Je ne suis pas sûr que les animaux soient autorisés dans cette maison, je le perdrais si quelqu'un l'apprenait. Il ne fait aucun mal. Il est terriblement intelligent, il m'obéit, mais il n'obéirait pas forcément à d'autres. On ne sait pas ce qui pourrait se passer."

Elle hoche la tête, sourit, et son étroit visage aux grands yeux est presque beau, l'espace d'un instant. C'est la deuxième fois qu'elle nous sauve, Pessi et moi. Je devrais trouver un moyen de la remercier, mais je ne sais que faire. Elle lève vers moi un regard d'épagneul.

Un craquement se fait entendre dans l'entrée.

Je saute sur mes pieds, et Palomita et moi voyons la même chose : Pessi se tient debout sur la pointe des pieds, le milieu du corps étiré hors de toute proportion, comme un chat qui tente d'atteindre quelque chose de trop haut placé, et, d'un air concentré, il tourne de ses longs doigts griffus le verrou de la porte.

Clic.

C'est ouvert.

Pessi nous regarde, la queue joyeusement arquée. Tout son être respire la fierté.

La fierté. La joie de savoir m'imiter, moi qui procède toujours de cette manière quand je m'en vais dans ce monde auquel il n'appartient pas.

“Il a ouvert tout seul”, dit Palomita dans un souffle.

D'une enjambée je suis dans l'entrée, Pessi recule. Je tire la porte, je sors mes clefs de ma poche et j'en fais tourner une dans la serrure : clac, fermé à double tour.

Puis j'éclate de rire, je ris aux éclats sans plus pouvoir m'arrêter. Palomita est d'abord stupéfaite, mais se met ensuite à pouffer timidement, et je me claque les cuisses en hurlant. Les oreilles de Pessi tressaillent d'étonnement.

MARTES

Quand je vois la maquette, je sais que c'est gagné. La Palme de l'affiche, les Trophées d'or, le prix Epica et tout le tremblement. C'est d'une simplicité absolue, il n'y a eu qu'à choisir – mais avec quel soin – la typographie d'une extrême sobriété de la signature, et c'est bien sûr le seul texte qu'on ait mis, car *rien* ne doit venir entamer la puissance de l'image.

Sur un fond clair et neutre se tient un troll. Les babines retroussées, l'air sauvage, les yeux flamboyants – Dieu seul sait ce que Michel-Ange a dû faire dans Photoshop pour obtenir un tel effet. Sur l'image, il a l'air colossal, au moins deux mètres de haut, et pourtant il donne une impression de minceur et de souplesse de liane, et son museau, au lieu d'être allongé comme sur les rares photos de troll que j'ai vues, ressemble de manière saisissante à un visage humain. Sa crinière est déployée, son poil d'ébène brille. Les longues griffes recourbées de ses quatre pattes semblent agripper l'air. Et il est saisi en plein bond, dans une pose qui tient à la fois du ballet classique et du hip-hop ; il y a dans l'image un tel concentré d'énergie brute que le spectateur bande instinctivement tous ses muscles en un mouvement de recul. Et ce dieu punk de la gent animale porte un Stalker qui le moule à la perfection.

Au-dessus de l'image, il y a la signature, dans une police de caractères totalement minimaliste, comme chuchotante : STALKER. LA MARQUE DE LA BÊTE.

PALOMITA

Quand Pentti m'habille d'une culotte fendue et cherche à me pénétrer des deux côtés à la fois, je me mords les lèvres, je gémis comme j'ai appris et je pense à lui.

Quand Pentti décide qu'il y a trop de poivre dans un plat que j'ai cuisiné et qu'il me le jette à la figure, quand il recompte encore et encore l'argent des commissions pour prouver que j'ai volé un mark, quand il me confisque tous mes vêtements pour la journée parce que j'ai eu le malheur de renverser une goutte de thé sur un pull qu'il a acheté, je pense aussi à lui. Cela me donne presque l'impression de rendre les coups et je ne veux en éprouver aucun regret.

Je pense aux fois où je les ai aidés, lui et son bébé troll. Le jour où j'avais laissé dans l'escalier la boîte de pâtée ouverte et mon sac à provisions, la dame à la veste matelassée et aux grandes créoles accrochées aux oreilles était là à les regarder fixement quand je suis revenue. Pourquoi avoir laissé de la nourriture pour chats dans l'escalier ? Est-ce que j'avais un chat ? J'ai prétendu que j'avais trouvé un minet perdu dans la cour et que je lui avais donné à manger, et la dame s'est montrée fâchée et désagréable : il est interdit de laisser entrer des animaux errants dans cette maison. Puis elle a ramassé la boîte et l'a emportée.

Mais je ne me suis pas laissé abattre par ses paroles, non, car alors aussi j'ai pensé à Mikael, qui avait ri avec moi dans l'entrée, de soulagement et de fierté. Et quand il a eu fini de rire, j'ai su que je devais m'en aller et, tout d'un coup, j'ai eu au creux de l'estomac une étrange sensation de vide et de déception. Mais alors que j'avais presque passé la porte, que je me glissais hors du seul endroit où j'avais trouvé ne seraitce qu'un peu de chaleur, il a soudain tendu les bras, m'a attirée contre sa poitrine et m'a serrée à m'étouffer. "Merci, merci encore, Palomita", a-t-il dit. Puis il m'a lâchée et m'a regardée désorienté, comme étonné lui-même. Il a essayé de dire quelque chose, "je suis si heureux... vous comprenez...", mais moi, grisée de joie, j'ai juste effleuré ses lèvres du bout des doigts pour le faire taire, et j'ai fui devant l'allégresse qui m'envahissait.

Car personne ne peut être si ému par le simple fait qu'on lui ramène un animal fugueur... et c'est pour ça que j'attends. Et que je pense.

ANGE

Pessi est assis sur mes genoux, noir, soyeux et chaud, la base de sa queue bouge doucement contre mon bas-ventre. Je lui caresse le haut de la patte, là où pointe son petit biceps dur, je redresse le livre que je tiens à la main et je poursuis ma lecture à voix haute. Les oreilles pointues de Pessi frémissent au rythme des mots.

Je jette un coup d'œil par la fenêtre, dehors il neige à gros flocons, en un rideau si dense qu'il bouche la vue. La mort blanche…

Et je continue :

“Illusia n'oublierait jamais cette nuit. La veille, elle avait perdu ses ailes et compris qu'elle serait désormais obligée de vivre sur la terre. L'existence, ici, ne serait plus pour elle comme un livre d'enfants illustré, que l'on feuillette aussi longtemps qu'il vous amuse et puis qu'on abandonne. Elle savait maintenant qu'elle devait vivre ce livre, et elle se rendait compte qu'il y avait en lui une force effrayante, que ses images gardaient leurs chatoyantes couleurs jusqu'au cœur de la nuit, malgré le crépuscule du Septentrion qui descendait pour les niveler.”

Je déglutis. Pessi me regarde étonné, comme s'il se demandait pourquoi j'interromps ma lecture, pourquoi ma voix s'étrangle. Il lève la tête, aperçoit une goutte de sueur sur ma lèvre supérieure, et sa petite langue rêche effleure le coin de ma bouche, m'enflammant jusqu'au tréfonds de la poitrine. Et dehors il neige, il neige à n'en plus finir.

ECCE

Dehors il neige, il neige à n'en plus finir.

Et j'ai laissé seize messages sur le répondeur d'Ange.

ANGE

“Pessi”, dis-je dans un murmure, et je tends la main, je laisse glisser mes doigts sur sa hanche délicate, douce et chaude comme une fournaise. Les oreilles de Pessi tressaillent. J’ai une érection monstrueuse, et toute une partie de mon ventre et de mes cuisses est transformée en un bloc de chair douloureux, dur comme de la pierre.

Je l’ai emprisonné là, j’ai tenté de capturer un fragment de forêt, et c’est la forêt qui m’a capturé.

ECCE

Mikael, je t'en prie, sois chez toi.

Tu m'as évité comme un furet, ô adjudant aux cheveux d'or du chef suprême des cieux. Tu vérifies bien sûr qui t'appelle, tu jettes un coup d'œil à l'écran de ton téléphone portable et tu y vois un numéro, mon numéro, auquel tu ne veux pas répondre.

Tu n'es pas venu consulter mes ouvrages de référence, bien que j'aie appris par cœur tout ce qui pourrait amuser un archange. Sais-tu que tu es préposé aux écritures célestes et que tu inscris tous nos débits et nos crédits dans le Livre de vie ? et qu'au dernier jour tu conduiras la résurrection en sonnant de la trompette, tu prendras le commandement guerrier de tes troupes d'anges et tu vaincras définitivement Satan et ses suppôts ? Dans le Livre de Daniel, si je ne me trompe, tu te mesures à des dragons. Et dans les pays occidentaux, tu es en général figuré en chevalier, avec une épée et une pertuisane.

La fine neige printanière s'amasse sur mes épaules et sur ma tête, obscurcissant mes lunettes, et je veux que tu me transperces de ton épée brûlante, Mikael, aussi foutrement naïf que ça puisse paraître, je veux ta pertuisane enflammée.

ANGE

Dieu merci, on sonne à la porte.

Le timbre perçant m'éclaircit l'esprit comme un éclair froid et Pessi, qui a sursauté au bruit, a tout aussi vite filé comme une flèche sous le canapé.

J'entrouvre prudemment la porte, bénissant le visiteur tout en me maudissant. Un œilleton, pourquoi n'ai-je jamais fait installer d'œilleton à la porte ?

"Ange", dit Ecce, et sa voix est presque comme un sanglot, tandis que la neige fondue dégouline sur ses cheveux et sur ses épaules.

ECCE

Avant même que j'aie eu le temps de balancer quelque chose d'anodin et d'enjoué à propos du livre de Gustaf Eurén que j'aurais bien aimé récupérer, Ange est sur le palier.

Il ferme presque complètement la porte derrière lui et, en même temps, m'attire contre lui d'un geste dans lequel il y a une dose si létale de désir et de faim que j'en ai la tête qui tourne et les genoux qui se dérobent. La bouche d'Ange est sur la mienne, avide et dure, et sa langue engage un duel avec la mienne. Il interrompt son baiser comme s'il était obligé d'arracher ses lèvres aux miennes, il halète, et dans ses yeux brille une flamme si effrayante qu'elle me va droit aux entrailles ; du plexus solaire aux valseuses, un incroyable feu de joie se répand en moi.

"Allons chez toi", dit Ange. Il passe le bras dans le vestibule, attrape son manteau, fait cliqueter ses clefs dans sa poche. "Il y a des taxis sur la place." Il referme avec précaution la porte, s'y adosse un instant, la respiration lourde, en me regardant par en dessous comme si j'étais une proie, et, bien que je ne comprenne absolument pas pourquoi nous devons prendre un taxi jusqu'à l'autre bout de la ville au lieu de rester chez lui, je sais qu'il y a des moments où il vaut vraiment mieux garder fermée sa grande gueule.

VÄINÖ LINNA, *Soldats inconnus*, 1954, traduit du finnois par Claude Sylvian et Jaakko Ahokas

Hietanen vint donner contre une souche d'aulne et s'écrasa au sol. C'est là aussi qu'il sombra définitivement sans plus pouvoir se relever. Vanhala prit un virage magnifique, moteurs lancés, et hurla :

"Ouvre ton parachute. Ton zinc dégringole, hihihi...

— Mon zinc dégringole... tout tourne en rond... j'ai une balançoire dans les yeux", bredouillait Hietanen en essayant de s'agripper à l'herbe. Vanhala lui cria dans l'oreille :

"Tu piques en tire-bouchon... Saute donc... Tu pourras plus redresser..."

Mais l'avion de Hietanen tombait à une allure vertigineuse et son pilote n'était plus en mesure d'en sauter. Il s'enfonça avec son appareil dans le brouillard d'abord, dans une totale obscurité ensuite. Vanhala l'y abandonna, déconfit par cette fin trop prompte du combat.

Un peu plus loin Määttä, Palo et Sihvonen se tenaient assis autour d'une grosse pierre. Palo, les cheveux tombés sur les yeux, exposait aux autres, avec de grands accents de conviction :

"Par chez nous, y a des feux follets qui brûlent au-dessus des trésors cachés..."

Sihvonen détourna la tête et agita la main comme s'il voulait chasser des moustiques :

"Tu parles, tu parles… tout ça c'est des bourres…

— Et moi j'te dis qu'c'est vrai. Les vieux du pays ils les ont vus d'leurs propres yeux. Et y a même en plus des épées croisées par-dessus.

— Tu parles, tu parles… c'est des histoires de sorciers lapons… On en a entendu d'autres. Les Russes, quand ils manquent d'hommes, paraît qu'ils attrapent un troll, ils y collent un uniforme et l'lâchent vers l'ouest. Voir débouler ça à travers les fourrés, alors là oui… Il faut vraiment aller dans l'Nord pour trouver ce genre de miracles.

— Mais qui c'est qu'est du Nord ici ? fit Määttä. J'suis quand même de si haut moi aussi qu'on y garde des ogres à l'étable."

Määttä n'avait pratiquement pas ouvert la bouche de toute la journée et la gnôle ne semblait pas tellement faire d'effet sur lui. Et voilà qu'il se mit à considérer la pierre et à proposer :

"Mais c'est qu'il y a une pierre là. On la lève ?"

MARTES

“Ça y est, c’est vendu.

— *Vendu ?!*” Je regarde le sourire de Mikael s’étaler lentement sur son visage comme de l’aquarelle.

“Tu veux voir la maquette ?” Sans attendre la réponse, je vais dans mon bureau, et il me suit, petit page fidèle, prêt à lécher les gouttes de miel que je daigne laisser tomber à son intention.

Je sors un tirage de la pile. Les yeux de Mikael s’élargissent, il contemple le chef-d’œuvre de sobriété et de séduction distante, mais aussi de folie explosive, né de notre travail commun, et je pourrais jurer qu’il a le regard humide quand il le relève vers moi.

“Hyper-classe, non ? dis-je.

— Oui.

— Tu peux m’envoyer ta note.

— Qu’est-ce que le client a dit ?

— En plein dans le mille de notre époque postmoderne fragmentée.”

Mikael rit. “Tu plaisantes.

— Non, je t’assure.”

Il n’arrive pas à détacher les yeux de l’affiche, de la crinière noire, des griffes lacérant l’air, de la gueule rugissante, de l'entrechat acrobatique capturé par l'objectif.

"Magnifique", murmure-t-il, et son émerveillement me blesse, comme la page d'un livre entaille le doigt d'une coupure presque invisible. Je n'ai pas jugé utile de dire au client que la photo a été prise et numériquement retouchée par un sous-traitant, je ne vois pas l'intérêt de lui souffler qu'il pourrait s'adresser directement à lui et obtenir pour quelques dizaines de milliers de marks une image pour laquelle je lui en facture cent mille. Et c'est pourquoi la gloire me revient, la maquette est à moi et Mikael n'a aucun droit de la regarder d'un air aussi énamouré.

Ho ! moi aussi je suis là ! suis-je à un cheveu de lancer, mais Mikael détache déjà ses doigts de l'affiche, la pose délicatement sur le bureau et sourit, au point qu'on dirait qu'on vient d'allumer une lampe de plus.

"J'enverrai ma note à la compta comme convenu.

— Je crois qu'on a bien mérité une petite bière, non ?" J'ai lâché la question sans y penser et je me mords les lèvres, merde, je ne veux plus me laisser entraîner là-dedans, mais l'indifférence de Mikael est une provocation, c'est comme s'il ne me voyait pas, ne m'entendait pas, nom de Dieu ! je suis là, moi moi moi, Martes, dont la compagnie avait plutôt l'heur de lui plaire, jusqu'ici. Pourquoi ne s'attarde-t-il pas, n'invente-t-il pas de prétextes, pourquoi ne bavarde-t-il pas de choses et d'autres uniquement pour ne pas avoir à passer la porte ?

"Oui. Mais hélas..." Le soupir de Mikael est authentique et réconfortant. "J'ai d'autres obligations, ce soir.

— Tu as bien cinq minutes, quand même." Je me reprends. "Enfin, à vrai dire moi aussi j'ai pas mal de choses à faire.

— Une autre fois.

— Ouaip."

Je reste seul à regarder dans le vide et, je ne sais pourquoi, quelque part au fond de moi couve un obscur foyer de désillusion, qui dégage une mince fumée grise.

PALOMITA

Il se passe de drôles de choses dans l'œil de la porte.

Pentti s'est arrêté pour parler à la dame de l'escalier. Elle hoche le menton et fait des gestes. Elle approche la bouche de son oreille, parle d'un air grave. Puis elle se recule, met les mains sur les hanches, secoue la tête.

Pentti pêche son portefeuille dans sa poche de poitrine, lui donne une carte de visite en lui montrant une information du doigt, et elle acquiesce solennellement. Puis il sort un billet de banque. Il le presse à deux mains dans la paume de la dame.

J'ai à peine le temps de ranger le tabouret et d'aller dans la cuisine que Pentti est déjà là. Son visage se colore de rouge vif quand il me demande en criant ce que j'ai été faire. Il dit qu'il sait tout. J'ai été sonner chez des inconnus. J'ai tenté d'introduire des chats errants dans l'immeuble. Je l'ai publiquement couvert de honte.

Il me donne deux gifles puis se lasse. Il ajoute que puisque j'aime tant la nourriture pour chats, j'ai peut-être envie de ne manger que ça toute la semaine.

Il ne me dit pas comment il a appris tout ça. Mais maintenant je le sais.

ANGE

Je me suis douché dans la salle de bains grande comme une boîte d'allumettes d'Ecce, où le lavabo vous vient sur les genoux quand on se faufile sur le siège des toilettes. A la surface du rideau de douche s'épanouit un écosystème vivace et diversifié.

Je me glisse à côté de lui sous sa couverture militaire grise. Il a récupéré ses lunettes sur la table de chevet et lit quelque chose. Je tourne un instant le dos du bouquin vers moi. *Les Sept Frères*.

"Tu te fiches de moi !

— Pas du tout. Ça parle même de toi.

— Ah. Je suis sûrement supposé être Juhani, le taiseux aux cheveux filasse.

— Non, je pensais à un personnage beaucoup plus angélique. Tu te souviens de la vierge blême ?

— Ha ha."

Indifférent à mes sarcasmes, Ecce commence à lire, en déclamant comme sur une scène de patronage.

"«Il y avait une fois dans les grottes d'une montagne un ogre affreux, terreur et fléau des hommes. Il pouvait changer d'aspect à son gré ; et on le voyait souvent parcourir la contrée tantôt comme un beau jouvenceau, tantôt comme une gracieuse jeune fille, selon qu'il avait envie du sang d'une femme ou de celui d'un homme.»

— C'est une histoire de travelo ?

— Arrête. C'est un chef-d'œuvre." Il reprend un peu plus loin, adoptant une voix d'outre-tombe pour donner plus d'intensité dramatique au récit ; il se penche vers moi en chuchotant, puis il se redresse et tonne à m'en faire éclater les tympans et je gémis, ne plaisantant qu'à moitié, les mains pressées sur les oreilles. Voilà qui l'amuse.

"La malheureuse cria, se débattit et se défendit dans son angoisse, mais en vain. Avec un rugissement cruel, le croquemitaine hideux l'entraîna au fond de son antre et décida de la garder toujours près de lui dans l'obscurité de ses grottes profondes... Pendant des années terriblement longues, chaque nuit, par l'orage, la pluie, le froid mordant, la vierge blême reste sur la crête, implorant le pardon de ses péchés, et jamais une plainte ne sort de ses lèvres. C'est ainsi que s'écoule la nuit obscure, et à l'aube l'ogre impitoyable la traîne à nouveau dans les cavernes."

Je me sens bizarrement mal à l'aise, mais pas à cause d'Ecce. Au naturel, sans le mur des faux-semblants, la fumée et le devoir de drague du café Bongo, il a en fait un vrai charme gamin et une sacrée intelligence, à la fois un regard naïf et un côté ô combien averti, un délicieux cynisme. Un peu comme les filles aux allures de souris des films américains qui, pour le bal de fin d'année, ont laissé leurs lunettes et leurs appareils dentaires au vestiaire et coupent le souffle à tous ceux qui les avaient jusque-là méprisées.

"Et ça, qu'est-ce que tu en dis ?"

Ecce tourne quelques pages, se frappe théâtralement la poitrine et dessine de la main de grands cercles dans les airs.

"L'ami de son cœur la prend dans ses bras en la regardant tendrement, la baise et aussitôt la pâle jeune fille sent un délicieux flot de sang courir dans ses veines comme un gai ruisseau, ses joues s'éclairent comme un nuage dans l'aurore rose et son front resplendit de joie. Mais voici que l'ogre hargneux, les poils hérissés de colère, gravit la montagne pour emporter la vierge dans son antre…"

Je lui arrache le livre des mains avec une tendre détermination – c'est sûrement ce qu'il attendait depuis le début –, je l'allonge sur le matelas et je l'écoute pousser de petits cris quand je le pince aux endroits sensibles. Et je pense à Pessi.

ECCE

O créature céleste.

Dans un bruissement d'ailes, dans l'incandescence de ton auréole, je m'enfonce dans le matelas en laissant échapper un cri.

Je n'ai jamais été aussi heureux.

Je n'ai jamais été aussi atrocement sûr que celui qui me procure une telle jouissance pense à quelqu'un d'autre.

Devant mes yeux danse l'affaire du mois, le type du café Bongo, celui qui de toute évidence se ment à lui-même, le refoulé au front couronné de lauriers, et, quand Ange m'attire contre lui et gémit, j'essaie à tout prix d'être Martti, je suis pour lui absolument tout ce qu'il veut que je sois.

ANGE

Pessi grogne, laisse échapper de petits bruits de gorge étranglés et danse autour de moi une sarabande courroucée, la queue raide et horizontale.

Ses narines s'écartent et frémissent. J'essaie de le toucher, mais il bondit en arrière tel un ressort.

"Pessi." Ma voix est cajoleuse et apaisante, peut-être même un peu repentante. Qu'a-t-il ? Ce n'est pourtant pas la première fois que je m'absente aussi longtemps.

Ses narines. Ses narines frémissent, et ses oreilles sont rabattues en arrière. L'odeur.

L'odeur d'Ecce sur moi.

L'odeur d'un mâle inconnu.

Douché, encore fumant et fleurant bon le savon à l'huile de pin, je m'assieds sur le canapé, et je sens mon cœur irradier d'une douce chaleur quand Pessi vient enfin fourrer son museau noir au creux de mon épaule.

MARTES

Mes trois Guinness me picotent la racine des cheveux, mais je dois m'arracher au pub pour aller éteindre les ordinateurs ; c'est encore un de ces petits breaks de l'après-midi qui s'est prolongé jusqu'à l'heure de fermeture du bureau. Mais peu importe, du moment qu'il n'y a aucun briefing prévu et que les délais sont respectés.

Viivian et moi avons tiré à la courte paille pour savoir qui se dévouerait pour grimper les étages, éteindre toutes les machines restées allumées et vérifier que l'alarme est branchée. Tout est maintenant en ordre et je me demande si je ne devrais pas retourner au pub, où Viivian est peut-être encore assise à siroter du poiré, quand je vois le CD sur le bureau. C'est celui de Mikael, celui avec les photos de la campagne Stalker, et je le fourre dans ma sacoche. Il faudrait quand même songer à le rendre à son propriétaire.

Poèmes anciens du peuple finnois, 1933, VII, III, 1237, Suistamo

Nous sommes trois gais compagnons,
Trois petits frères partis chasser ;
Le premier aux trousses d'un élan,
Le second au gîte d'un levraut,
Et le dernier sus aux gobelins.
Voilà le premier de retour,
Patte de lièvre dans la main ;
Puis le deuxième est revenu,
Queue de goupil en bandoulière ;
Mais le troisième ne rentra pas.

MARTES

Je sonne à la porte et Michel-Ange ouvre, en peignoir de bain.

Il est si stupéfait en me voyant qu'au lieu de s'écarter pour me laisser entrer il reste à se dandiner dans l'entrebâillement de la porte, qu'il garde à demi fermée comme si j'étais un vendeur d'aspirateurs.

Je sors mon ticket d'entrée de ma sacoche, le CD, et je l'agite entre le pouce et l'index.

"Je suis juste venu te rapporter ça, avant d'oublier."

A la mine de Mikael, on voit qu'il est plutôt habitué à ce qu'on lui retourne son matos par la poste. "Ah, merci."

Il s'apprête à tirer la porte, avec sur le visage un air étrange, fuyant, affolé, et bafouille quelque chose – ce n'était pas la peine de me donner tant de mal, il aurait aussi bien pu passer le prendre lui-même à l'agence. Je vois son regard glisser encore et encore par-dessus son épaule.

"Tu as de la visite ?

— Non... non, rien du tout.

— Je commençais à avoir peur d'avoir déboulé au milieu de je ne sais quelle... réunion privée." Je promène les yeux sur le peignoir d'Ange.

“Oui, non.

— Au fait, tu permets que j’utilise tes toilettes ?”

Je m’attendais à une expression ravie, je m’attendais à être invité à entrer, je m’étais préparé à me faire prier, à accepter éventuellement une tasse de café ou une bière, juste en passant, mais il n’est absolument pas question de quoi que ce soit de ce genre. C’est moi qui devais être celui qui se dérobe, celui qui règle le rythme et décide de ce qu’il advient, et avant tout de ce qu’il n’adviendra jamais.

Mikael jette à nouveau un coup d’œil derrière lui dans l’appartement, comme l’oreille aux aguets, peut-être a-t-il quelque chose sur le feu, et je profite de ce bref relâchement de sa vigilance pour pousser la porte et entrer, avec douceur mais détermination.

Mikael prend peur, je ne sais pas ce qu’il s’imagine, ce qu’il croit que j’ai l’intention de faire, mais il n’y a pas dans ses yeux la moindre parcelle de l’adoration humide à laquelle je suis habitué et que je peux même apprécier à petites doses, comme une épice exotique un peu étrange. Son regard erre de gauche à droite, il bredouille, se répète, pas maintenant, une autre fois, il était juste sur le point de sortir, il est terriblement pressé.

Il me pousserait aussitôt dehors si la porte ne s’était pas déjà refermée entre le palier et moi, en un mur de bois doublé de la paroi de chair que je forme.

Je suis furieux.

L’odeur de l’after-shave de Mikael flotte dans l’air tel un nuage suffocant, tout l’appartement semble imprégné de ses effluves, d’un parfum de désir si violent qu'il fait monter en moi un humiliant début d'érection.

Et Mikael s'agrippe à moi, se pend à mon bras comme si j'étais le bastingage d'un transatlantique ballotté par la tempête.

"Pas maintenant. S'il te plaît.

— Deux secondes dans ta salle de bains, et je t'assure que je te laisse tranquille." Je tente de prendre des accents de martyr, mais la rebuffade de Mikael me glace.

Il me barre la route, et j'essaie de le contourner, comme par jeu ; nous dansons un drôle de menuet, puis il m'empoigne pour me pousser vers la porte, et je me fâche, la bière me brouille le cerveau et, plus brutalement que je ne l'aurais voulu ou qu'il n'est nécessaire, je saisis Mikael par les épaules et je l'envoie heurter le mur.

"Si tu pouvais t'en aller, Martes, dit-il à voix basse. Si seulement tu pouvais t'en aller."

Et à cet instant.

Dans le rai de lumière qui tombe dans le vestibule.

Un cauchemar.

IV

L'OBSCURITÉ ME CONDUIRAIT VITE A LA MORT

Extrait du prêche de Laurentius Petri, pasteur de Tammela, au synode réuni en la cathédrale de Turku, 1666

Les anciens Finnois nommoient aussi les mauvais anges : hiisi / tomtes / diables ; fils de Kaleva / appeleurs / follets / hommes noirs / hommes des monts / peïkko / kobolds / géants / luitons / gobelins / ondins / nixes…

MARTES

Il se dresse sur ses pattes de derrière. Tel un démon grimaçant.

Un monstre de film de SF.

La vive lumière oblique souligne son corps osseux et ses membres griffus qui tressautent nerveusement. Il s'approche avec une légèreté de fantôme, vacillant un peu, et lève les pattes de devant. Dans une posture menaçante. En position d'attaque.

Ses griffes se déplient.

Son visage grotesque se convulse en une expression terrifiante et de sa gorge s'échappe un grognement sifflant.

Je sens mon urine brûlante couler le long de mes cuisses.

"Non !" J'entends Mikael crier.

Et l'ogre bondit.

ANGE

Non. Pas ça.
Tout mais pas ça.

MARTES

Le parapluie de Mikael est appuyé depuis le début à portée de ma main contre le mur et, d'instinct, je le brandis à l'horizontale devant moi, mais je suis désespérément lent face à ce monstre de cauchemar. Ses terrifiants scalpels fondent sur mes yeux plus vite que la lumière ; grâce au parapluie levé, je ne reçois cependant qu'un terrible coup à la joue et à la tempe. Mon champ de vision se rétrécit et devient, pendant un instant, d'un jaune fluorescent tacheté de rouge, tournoyant à vomir.

Quelque part, dans d'insondables abîmes, un réflexe s'éveille en moi.

En bien moins de temps qu'il n'en faut pour le concevoir, mes interminables cours de karaté, le jeune homme frustré à la recherche de sa virilité, le kung-fu, Bruce Lee et les Tortues Ninja s'unissent en une unique tempête synaptique et, serrant les paupières, je me tourne en me baissant d'un même mouvement, tandis que le parapluie fend l'air tel un sabre de samouraï.

Il touche quelque chose que l'on s'attendrait à entendre résonner comme un arc tendu mais qui laisse échapper une plainte aiguë, un cri qui pourrait être celui d'un gros oiseau inconnu de la science. J'ouvre les yeux.

Un liquide chaud, poisseux et sombre me coule dans le cou et sur l'épaule. J'ai la tête qui tourne et je vois le vestibule de l'appartement de Mikael comme un ravin en entonnoir, lumineux mais brouillé de flocons de neige, avec, quelque part à l'extrémité de mon champ de vision, sur le plancher, un parapluie noir et rouge aux baleines tordues d'un côté et, émergeant des replis du portemanteau, le monstre qui s'y est rué à l'abri, immobile, depuis que je l'ai frappé, telle une noire statue aux arêtes vives, cornue, dentée, griffue, et Ange, à genoux devant, crache des paroles.

"*Fous le camp*, Martes, tu m'entends, fous le camp, et *vite* !" Et il n'y a pas, dans sa voix, une once d'alarme, d'incitation à fuir ou d'inquiétude pour moi, mais uniquement de la haine.

Je porte la main à ma joue, à ma tempe, et je me rends compte que j'ai des blessures ouvertes au visage et au cuir chevelu, le sang coule, tombant en flaques sur le sol, le devant de mon jean est froid et mouillé d'urine et, en plein surréalisme, Mikael me regarde fixement, à demi agenouillé parmi les pans de manteaux du vestiaire, serrant le diable dans ses bras.

LIISA-MARJA IIVO, *Les Sectes sataniques de la vallée de la Torne et de Kittilä dans les années 1910*

La classification du troll comme espèce animale, en 1907, fit incontestablement sensation parmi les biologistes, du fait de la rareté de découvertes aussi tardives de mammifères de cette taille – bien que le cas fût loin d'être unique, même au XXe siècle. Des spécimens de *Felipithecus trollius* avaient certes déjà été vus, relativement souvent, même, en particulier dans le Nord où la clarté des nuits d'été permet de les observer, mais ces récits n'étaient pas considérés par la communauté scientifique comme fiables ou probants. Les quelques prétendues trouvailles de touffes de poils, griffes ou débris d'os avaient été taxées de supercherie et n'avaient même pas fait l'objet de vérifications sérieuses.

Bien que le troll ait une prédilection pour les régions inaccessibles, passe l'hiver à dormir, enfouisse ses excréments et autres restes et ne laisse donc pratiquement pas de traces visibles sur le terrain, il n'est dû qu'au hasard que l'on n'ait trouvé aucune charogne ou carcasse de cet animal avant 1907. Ce concours de circonstances a apparemment nourri la croyance populaire, relativement récente, selon laquelle les trolls enterreraient leurs morts.

L'aspect démoniaque de la bête a naturellement donné une dimension particulière à la découverte zoologique de l'espèce, qui eut un retentissement épistémologique non négligeable – comparable à l'effondrement d'un paradigme –, obligeant à réexaminer sous un jour nouveau les données folkloriques accumulées depuis des siècles. Il n'est donc pas étonnant que des réactions aient également été enregistrées dans des milieux autres que scientifiques. La surprise vient cependant de la violence de certaines de ces réactions, dont l'une des plus connues est peut-être l'émergence des sectes sataniques de la vallée de la Torne et de Kittilä.

Il est intéressant, du point de vue de l'étude des religions, de voir comment un même événement – dans le cas présent une découverte zoologique – a pu provoquer dans deux régions géographiquement très proches des phénomènes que l'on pourrait presque qualifier de diamétralement opposés.

Dans la vallée de la Torne, le mouvement s'est développé autour d'Eerikki Nesselius (né Eerikki Niemi en 1879 à Pello), jeune prédicateur aux convictions religieuses fortement influencées par le laestadisme. Nesselius, qui s'était établi à Ylitornio, ne jouait cependant qu'un rôle tout à fait secondaire dans la vie publique de la région avant d'apprendre par les journaux la nouvelle de la découverte d'un cadavre de troll. Il se rendit aussitôt à Helsinki et demanda à examiner l'animal destiné à être naturalisé, mais ne put avoir accès qu'aux photographies qui en avaient été prises. D'après les journaux intimes laissés par Nesselius, ce dernier fut particulièrement impressionné par la queue terminée en pinceau de la bête.

Nesselius retourna à Ylitornio, où il entreprit aussitôt de proclamer que Satan était revenu sur terre, établissant un lien entre la découverte du troll et les prédications de Lars Levi Laestadius dites “sur les gnomes”, destinées dans les années 1840 et 1850 à convaincre les Sames de renoncer à leurs croyances anciennes dans les démons (cf. par ex. Nilla Outakoski, *L'Image des esprits chtoniens dans les prêches de Lars Levi Laestadius*, “Scripta historica”, XVII, publications de la Société d'histoire d'Oulu, 1991). L'extrait suivant du sermonnaire *Lucifer incarné* de Nesselius (Kemijärvi, 1911) résume en quelques mots sa vision :

“Or vous pouvez tous vous représenter que chaque péché commis est comme une graine qui tombe sur le sol et qui, nourrie par la force obscure qu'elle tire de la terre, grandit et s'épanouit jusqu'à devenir un vivant esprit du mal. Un démon des forêts en chair et en os nous a été envoyé, afin que nous nous rappelions nos offenses et que nous n'en engendrions pas de nouvelles. Dieu tout-puissant a envoyé un diable vivant parmi les hommes, avec pour mission, chaque fois que nous laissons libre cours au mal qui est en nous, d'incarner ce mal en surgissant des bois, telle une vision de l'enfer, sur le chemin du pécheur.

Parce que les hommes sont d'une famille rebelle et ont abandonné les commandements du Seigneur, Il a suscité pour nous mettre en garde ces effroyables fils de Lucifer. Que celui dans le cœur de qui couve la fourberie regarde soigneusement derrière lui sur le sentier ; car n'est-ce pas déjà l'ombre du démon vivant, du tourmenteur sorti de terre sur l'ordre de Dieu, qui se profile là, attendant de pouvoir saisir le pécheur dans ses griffes terrifiantes ? Il nous a ainsi été envoyé à tous une terrible épreuve…"

Nesselius fut bientôt entouré de quelques centaines de disciples. Ses discours reçurent entre autres un soutien de poids en la personne d'un éleveur de rennes connu sous le nom de Hirvas-Uula qui, sans adhérer lui-même à la secte, venait à la demande dans les assemblées de prière parler des trolls qu'il avait vus. Nesselius le payait vraisemblablement, en argent ou en boisson, car son témoignage le désignait irrémédiablement comme un pécheur endurci : il avait en effet, selon ses propres dires, vu plus d'une demi-douzaine de fois un "démon des forêts", bien que le plus souvent d'assez loin, par exemple en train de pourchasser un lièvre. Dans une de ses histoires les plus frappantes, il racontait avoir vu jusqu'à quatre trolls en train de forcer ensemble un renne vers un pierrier.

Nesselius fit sculpter, d'après les croquis qu'il avait faits des photos auxquelles il avait eu accès, un troll en bois aujourd'hui conservé dans une salle (fermée au public) de l'église d'Ylitornio. Il l'emportait avec lui dans ses tournées de prédication et, pendant que les fidèles priaient en extase, ses assistants le plaçaient de telle sorte qu'il ait l'air de regarder à l'intérieur de la pièce par l'entrebâillure d'une porte ou par une fenêtre et, quand il avait été repéré, l'enlevaient prestement – manœuvre qui renforçait sans nul doute grandement la conscience du péché des paroissiens, tout en contribuant à la crédibilité de Nesselius.

La supercherie fut découverte en 1911 et la communauté se dispersa peu après mais, jusque sur son lit de mort, Nesselius jura que le "démon" qui guettait aux portes et aux fenêtres était réel, autrement dit que la statue était un véritable troll que le Seigneur, dans sa toute-puissance, avait transformé en bois et non en pierre, comme le voulait la tradition.

Selon Nesselius, le troll était donc d'origine divine, bien qu'il incarnât le mal. C'est d'ailleurs là l'un des seuls points communs que l'on peut trouver entre lui et la secte satanique de Kittilä.

Les adorateurs du démon, à Kittilä, ne formaient pas un groupe particulièrement organisé, et manquaient d'une figure de proue telle que Nesselius. Lorsque la nouvelle de la découverte du troll parvint dans la région, les habitants s'empressèrent simplement de ressusciter les contes et légendes du cru sur les gnomes et les gobelins. Il se trouva des gens qui, à en croire leurs dires ou ceux de leurs proches, avaient eu affaire à ces créatures : la mère Koskama, Aapo Jänkkälä et Antti Vasara avaient personnellement rencontré des représentants du peuple souterrain, tout comme Reeta Helju, qui avait même trouvé une de leurs demeures derrière la haie des Tepasto, à Ritalaakso. Dans le hameau de Sirkka, il y avait eu un changelin à la ferme Mäkelä et, à Palo, un métayer avait notoirement fraternisé avec le diable en personne, etc.

L'exhumation de ces histoires et leur amplification dramatique prirent vite l'allure d'un culte villageois et ceux qui parvenaient à prouver qu'eux-mêmes ou l'un ou l'autre de leurs aïeux avaient eu quelque rapport que ce soit avec les trolls voyaient leur statut social rehaussé. La révélation de la réalité biologique de l'espèce transformait d'un coup les contes et les légendes en récits historiques véridiques et leurs protagonistes en “peuple du diable” ou en “clan de l’ogre”, en quasi-sorciers ou en chamans craints et respectés.

L’Eglise ne s’inquiéta de ce mouvement que quand il prit réellement l’allure d’une secte. Certains de ceux qui se considéraient comme liés à la tribu des diables commencèrent à éviter les cérémonies religieuses, car l’un des mythes les plus répandus, à propos des trolls, était qu’ils s’étaient enfoncés de plus en plus loin dans la forêt pour échapper au christianisme et tout particulièrement à la sonnerie des cloches d’église. On vit apparaître, à des endroits désignés dans les contes comme des lieux de résidence des ogres, des offrandes du même type que celles déposées sur les pierres sacrées des Lapons. Les membres du “peuple du diable” se trouvèrent investis d’un rôle de chefs officieux de la communauté, auxquels on demandait conseil pour les affaires tant privées que publiques. Dans le culte de Kittilä, les trolls étaient donc plus ou moins considérés comme des divinités de la forêt que les hommes avaient inconsidérément fait fuir vers des régions inhabitées, mais qui avaient, en quelque sorte, le pouvoir de transmettre aux gens qu’ils rencontraient une part de leur aura surnaturelle. Cette idée était intrinsèquement liée à un autre aspect particulier du folklore de Kittilä : l’intelligence de l’homme, soulignée dans tous les contes, qui empêchait le troll de lui nuire. Les membres du “clan de l’ogre” était donc doublement distingués : non seulement ils avaient eu le privilège d’entrer en contact avec une divinité de la nature, mais ils y avaient survécu.

Eerikki Nesselius entendit bien sûr parler du culte du “peuple du diable”, et tenta d’ailleurs à Kittilä une mission de conversion, qui tourna court. Si le succès de son expédition fut maigre, il réussit cependant à assurer aux habitants de la région une fâcheuse et tenace réputation d'adorateurs du diable. Ajoutons que c'est apparemment en raison de cette image que Kittilä a été le berceau, dans les années quatre-vingt, d'une brève vague de satanisme "normal". Mais les croyances attachées au "clan de l'ogre" ont aussi laissé des traces en tant que telles, aussi bien dans la région que dans le reste de la Laponie, essentiellement parmi les personnes âgées.

ANGE

J'aurais cru qu'après avoir été attaqué et frappé, Pessi aurait tremblé de tout son corps, mais non, il est totalement figé, raide comme une poupée de bois, ne semblant même plus respirer, et quand je le serre contre moi, que je le berce entre mes bras, le nez dans sa fourrure, secoué de sanglots, et que je vois Martes tituber, derrière le fouillis des manches de manteau et les lianes pendantes des pans de trench-coat, et son sang couler de son cuir chevelu et de sa joue, sourdre entre ses doigts et tomber goutte à goutte sur le sol, je comprends qu'il a sous les yeux la plus pure quintessence de la relation qui nous lie, Pessi et moi.

MARTES

Un troll. Un vrai troll. Je me suis fait avoir dans les grandes largeurs.

Ils sont là, en chair et en os, les Trophées d'or, la Palme de l'affiche, le prix Epica et tout le tremblement. Dans le vestibule de Mikael, place Pyynikki.

Si jamais ça se sait, il n'y aura pas plus de trophée, de palme ou de prix que de neige au soleil. Et si jamais ça s'étale après-demain à la une des journaux, il n'y aura pas non plus de campagne.

Je veux ma pub.

J'ai froid, bien que mon pouls batte encore à cent pulsations à la minute.

Quand la porte claque derrière moi, je pourrais parier qu'Ange ne me jette pas même un regard, enfoui qu'il est dans la crinière charbonneuse de cette abomination – et il la respire, cette monstruosité, cette poupée de goudron noire et raide.

DOCTEUR SPIDERMAN

Quand le téléphone sonne au milieu de la nuit, je dois m'avouer en soupirant que je m'y attendais presque.

ANGE

Dans le vestibule, l'Homme-Araignée regarde fixement Pessi, les mains profondément enfoncées dans les poches de son imperméable.

Il émet un petit rire étouffé, et je me retiens de le frapper. Pessi a l'air tout à fait mort, à demi accroupi là où il est parvenu à fuir quand cette brute enragée de Martes l'a pourchassé avec mon parapluie.

Le docteur Spiderman le palpe, pose un instant sa grande tête de chien contre son dos, écoute.

"Comment est-ce qu'il s'appelle ?" Il parle d'une voix douce, presque tendre, mais dans laquelle je sens percer avec irritation une pointe d'ironie démoniaque totalement déplacée. "Robin ?

— Pessi."

Parkie glousse hystériquement pendant un moment.

"Fais-nous du café. Il faut qu'on parle."

DOCTEUR SPIDERMAN

Son troll est comme un pan de nuit que quelqu'un aurait dérobé au paysage et fait entrer dans la pièce. C'est une parcelle de ténèbres venteuses, un ange noir, un esprit de la nature.

Peut-on apprivoiser un fragment d'obscurité ?

Peut-être, si on commence quand il est encore très très jeune, suffisamment perdu, suffisamment faible…

Petit enfant de la nuit.

ANGE

"J'ai le vague souvenir d'avoir un jour entendu une théorie", commence Parkie. Un filet de fumée monte de sa tasse de café dans l'air de la cuisine et il mord d'un air songeur dans le sandwich au pâté de foie que je lui ai préparé, tandis que mon pied se balance sous la table : fais quelque chose, fais quelque chose, fais quelque chose, cher Homme-Araignée. "Ce serait une sorte de mécanisme de protection. Un peu comme un opossum qui fait le mort. En cas de danger extrême, le troll n'essaie même pas de fuir, il entre en catatonie : sa température s'abaisse et toutes ses fonctions vitales sont ralenties. Il se met en veilleuse. C'est certainement un facteur de conservation de l'espèce assez efficace, et c'est loin d'être un cas unique. Dans la nuit noire, totalement immobile… vraiment difficile à repérer. L'hypothermie permet peut-être même d'empêcher qu'on sente son odeur, ou…"

Je pose ma tasse de café sur la table, je la reprends, je suis incapable d'avaler la moindre gorgée. Pessi est figé dans un coin de l'entrée, tel un chef-d'œuvre noir et brillant dérobé dans une morbide collection de statues, volé et caché parmi les lodens, les blousons de cuir et les imperméables caoutchoutés imprégnés d'odeurs de transpiration.

"Il va s'en remettre ?

— Comment diable veux-tu que je le sache ? Tout ça n'est d'ailleurs qu'une hypothèse, qui repose sur quelques observations éparses et pas mal de rumeurs. Ces animaux n'ont tout simplement jamais été étudiés sérieusement. Mais ça expliquerait au moins une chose.

— Dans les contes, les trolls peuvent se transformer en pierre à la lumière du jour."

Parkie me lance d'abord un regard étonné, puis son visage s'éclaire d'une grimace amusée.

"Pas mal. On comprend en tout cas comment les légendes ont pu naître... Mais ce n'est pas ce que je voulais dire. Imagine la forêt, une immense taïga où court un troll, il se sent menacé, il est poursuivi, que ce soit pour l'étudier ou pour le chasser, peu importe, tout ce qu'il entend, c'est le vrombissement aigu d'un avion de tourisme ou le bruit des pales d'un hélicoptère, l'ennemi vient du ciel, et quand son taux d'adrénaline dépasse un certain seuil, clac, il se fige, raide comme un tronc d'arbre, frais comme l'air de la nuit.

— Et après ?" Je jette un coup d'œil en direction de l'entrée. Pessi n'est qu'une ombre rayée parmi d'autres, il faut vraiment chercher pour distinguer son contour au milieu des manteaux du vestiaire.

"Pas étonnant qu'ils soient si difficiles à capturer, et qu'il n'y ait que de vagues suppositions sur leur nombre réel. Si on n'a même pas pu les repérer avec des caméras à infrarouge. Ni par aucun autre moyen humain, à vrai dire, jamais. Réfléchis-y."

DOCTEUR SPIDERMAN

Un froissement de tissu dans l'entrée. Le troll a bougé. Ange lève son regard accablé de la table, une brûlante lueur d'espoir s'est allumée dans ses yeux rougis aux paupières gonflées.

"Il vaut mieux que je m'en aille, qu'il ne s'énerve pas de nouveau", dis-je. Je récupère mon manteau sur le dossier de la chaise, je le mets et je me dirige vers le vestibule le plus calmement possible, en évitant avec soin tout geste brusque, comme quand j'ai dans mon cabinet un gros chien hargneux.

"Je dois te prévenir", dis-je à voix basse, et au même instant j'entends une griffe sortant de sa léthargie gratter très brièvement, très légèrement le parquet.

"Je me débrouille très bien avec lui, il est terriblement intelligent, et tout à fait apprivoisé...", jette Ange, mais je l'interromps en levant la main d'un geste las.

"Je n'en doute pas, mais c'est totalement illégal. Est-ce que tu sais que c'est une forme de braconnage, d'après la loi finlandaise ?

— Une forme de braconnage ?

— Pas très fréquente, mais il y a des précédents. L'année dernière, dans la région de Kuhmo, deux hommes ont pris un ours au piège directement au sortir de sa tanière d'hiver et l'ont gardé pendant des mois dans une cage de quelques mètres carrés. Ils l'utilisaient pour dresser des chiens de chasse."

Je vois Ange rougir. "Ça n'a rien à voir...

— Et si tu pouvais convaincre ton copain qui s'est fait amocher de tenir sa langue, ce serait bien. Parce que si jamais quelqu'un apprend que j'ai trempé dans cette affaire, je perds mon autorisation d'exercer."

Ange hoche la tête, il me regarde à peine, ses oreilles et ses yeux sont si fixement dirigés vers le troll qui s'éveille que j'en ressens un pincement d'irritation – non, de franche jalousie – et du coup je pense à quelque chose.

"Et pour ta gouverne, dis-je – et ma voix tire un instant Ange de sa rêverie, tellement mon ton est froid et dur –, je n'en ai aucun élément de preuve irréfutable, mais l'atmosphère de cette baraque est apparemment bourrée de phéromones.

— De phéromones ?

— Des molécules odorantes que les animaux diffusent autour d'eux. Elles véhiculent des informations sur le rut, la peur, l'état de santé, le statut au sein du groupe... elles servent à manipuler, à contrôler et à attirer d'autres membres du clan ou de l'espèce. Et ton troll sécrète certaines phéromones très puissantes."

Je me frotte les yeux. Je suis fatigué, si fatigué.

"On pourrait d'ailleurs gagner une fortune avec ces sécrétions. Une fortune colossale. Heureusement que personne n'en a la moindre idée. Pas même toi."

Ange me regarde fixement. Mes mots parviennent jusqu'à son tympan, mais définitivement pas au-delà. Il y a dans son regard un défi que je connais : c'est la tête que fait un garçon de dix ans qui se dresse contre l'autorité d'un adulte, le menton levé, les lèvres pincées, sourd à toute argumentation.

J'imagine les rangées de cages d'un élevage de trolls, quelque part en Ostrobotnie, éclairs de forêt noirs et souples cloîtrés derrière du grillage, et les façons les plus ignobles d'extraire de leurs glandes jusqu'à la dernière molécule homo-érotique. Je ferme la porte et j'inspire à pleins poumons l'odeur de pierre humide et de café froid de l'escalier.

ANGE

En me réveillant, ma première pensée est : Pessi ! J'entends des frôlements à côté de moi et je tourne la tête, et il est là, assis – enfin, assis n'est pas le mot, il se tient noué dans une attitude de danse moderne, les membres pointés dans toutes les directions au mépris de la pesanteur, et se lèche une patte en tressaillant d'enthousiasme. Il semble en pleine forme, heureux de vivre, entouré d'une atmosphère qui est comme l'écho inaudible d'un profond et satisfait ronronnement.

La petite langue opiniâtre de Pessi se glisse soigneusement entre ses doigts, rouge, noir, dans un va-et-vient humide et appliqué. Je l'attire presque brutalement contre moi, brisant toutes les promesses que je me suis faites, je respire à grandes goulées asthmatiques, et d'un même geste je le lâche, je me rue hors du lit ; d'une main tremblante, les jambes flageolantes, je compose le numéro d'Ecce et, quand sa voix endormie me répond, je lui demande si je peux venir tout de suite chez lui.

Dans le vestibule, l'espace d'un instant, je n'en crois pas mes yeux.

J'ai l'impression de me trouver dans un cauchemar amer, au sortir d'un rêve érotique.

Sur le mur tapissé de blanc, à environ un mètre du sol, il y a… une peinture.

On y voit des traits nettement dessinés, et même quelque chose qu'on pourrait, avec de la bonne volonté, qualifier de personnages et, encore une fois, une petite sonnette d'alarme tinte sous mon crâne.

Les *Vestiges archéologiques de Finlande.*

Une peinture rupestre.

Hier, dans l'affolement et la fatigue, j'ai négligé de nettoyer.

La fresque a été peinte avec le sang de Martes.

MARTES

L'iode qui teinte ma peau d'orangé me brûle encore à en avoir des élancements derrière les yeux. Mes blessures sont enflées sur les bords. Les morsures et les griffures d'animaux font toujours pénétrer dans la victime une épouvantable quantité de flore étrangère. C'est ce qu'a dit l'infirmière du dispensaire, qui m'a conseillé de régler mes comptes avec le propriétaire du chien qui m'a esquinté.

Et je vais le faire, mais à ma manière. Quand je pourrai. Quand j'en tirerai le plus de profit.

Quatre lignes pourpres parallèles marquent ma joue. Sur ma tempe, il a fallu raser une poignée de cheveux et, dans le genre grotesque, cette tonsure punk est sacrément cool, avec ses huit agrafes.

ANGE

Pendant deux jours, j'ai gardé Pessi caché au grenier. Mais il était si abattu et angoissé que j'ai dû le ramener dans l'appartement.

Si Martes avait voulu prendre des mesures, ce serait déjà fait.

Je lui ai donné des craies de couleur. Elles n'ont visiblement pas la bonne odeur, il n'y a même pas touché.

Quel peut être son degré d'intelligence ?

Pourquoi n'a-t-il pas décoré les carreaux de la salle de bains de signes de victoire, de silhouettes de cochon d'Inde et de gerbille peintes à grands traits furieux et primitifs, chaque fois qu'il a eu du sang à sa disposition ?

Peut-être le fait de tuer et de manger un petit rongeur n'est-il pas un exploit suffisant pour qu'on en fasse des chansons ou peigne des fresques. Mais la défense d'un territoire, les blessures infligées à un puissant ennemi, si. Non ?

Etait-ce d'ailleurs seulement une peinture, ou juste des traces de pattes sales que mon esprit coupable et hystérique a interprétées comme un dessin ?

Le mur recouvert de soie de verre a retrouvé sa propreté et son brillant.

Pourquoi n'ai-je pas pris de polaroïd ?

Et quand Pessi, invité après un rapide tour de passe-passe à choisir entre deux gobelets de plastique celui qui cache une friandise, me lance un rapide coup d'œil calculateur et, à la vitesse de l'éclair, renverse en même temps les deux godets, saisit entre ses griffes la boulette de pâtée pour chats et file sur l'appui de fenêtre pour la manger avec délectation comme un enfant une crème glacée… je me demande qui se moque de qui.

PALOMITA

Le soleil. Quel plaisir qu'il fasse chaud, ai-je pensé. Enfin chaud. Et j'ai ouvert la fenêtre, mais dehors il faisait plus froid que jamais.

Quelle stupidité d'attendre.

Quelle stupidité de penser.

Je confesse à Dieu tout-puissant,
et à vous, mes frères, que j'ai beaucoup péché :
en pensée, en parole, par action et par omission ;
c'est ma faute, c'est ma faute, c'est ma très grande faute.

Je me frappe la poitrine à chaque faute, comme je l'ai appris à la messe, je frappe à m'en faire mal à la main et à la poitrine, mais je n'en suis pas soulagée.

C'est pourquoi je supplie
la bienheureuse Marie toujours vierge,
les anges et...

Je frappe, je frappe, je frappe encore, car j'ai laissé se rompre le fil de ma pensée. Non, pas les anges. Eux, je ne leur demande rien. En tout cas pas à l'ange du soleil, celui qui a chassé Satan du ciel.

Je me frappe encore une fois la poitrine, si fort que je me mets à tousser, et j'essaie de chanter à voix basse le Salve Regina, dont je ne me rappelle qu'une partie.

Vers toi nous crions, enfants d'Eve exilés,
vers toi nous soupirons, gémissant et pleurant
dans cette vallée de larmes…

Je crie vers Marie. Pas vers toi qui à la fin pèsera les âmes. Pas vers toi, ange du Jugement dernier.

ANGE

Et je ferme à nouveau la porte, je fuis encore une fois.

Je me fuis moi-même, et je fuis Pessi.

Si seulement je savais à quoi je cherche à échapper, si je savais ce qui me fait peur.

ECCE

Il a beau se dérober par moments.
Il a beau avoir de pressantes obligations.
Je n'y pense pas.
C'est quand même presque le paradis : Ange habite quasiment chez moi.

"Partie de cache-cache entre trolls et chasseurs au camping de Pulesjärvi", *Le Matin de Tampere*, 29 mars 2000

Deux hommes ont été blessés hier dans des circonstances encore mal éclaircies, lors d'une fusillade au camping de Lehtisaari à Pulesjärvi. Les victimes, surprises par un animal sauvage, ont apparemment été touchées par les balles perdues d'un tireur non identifié qui tentait de se porter à leur secours.

Les deux hommes, qui habitent la commune, soupçonnaient depuis déjà un moment la présence de squatters dans le village de vacances de Lehtisaari, fermé pour l'hiver. En allant vérifier sur place, ils ont relevé des traces d'effraction sur les portes de plusieurs chalets. Ils ont aussi trouvé à l'intérieur des amas de mousse et d'aiguilles de pin ayant pu servir de matelas rudimentaires.

Le camping avait aussi attiré des animaux, car quand les visiteurs ont ouvert la porte de l'un des chalets, un grand troll s'est précipité sur eux. Alors que l'un des hommes tentait d'utiliser son fusil contre l'animal qui le menaçait, deux coups de feu ont été tirés depuis la forêt voisine, dont l'un l'a touché à l'épaule, tandis que la deuxième balle éraflait le mollet de son compagnon. Le tireur, qui visait apparemment le troll et était équipé d'une arme de chasse ou de guerre de gros calibre, n'a pas été identifié.

D'après le zoologiste ERIK S. NYHOLM, il n'est pas rare qu'un animal affamé – par exemple un lynx – se réfugie dans une grange ou dans un hangar vide, surtout si l'hiver est rude.

Le printemps précoce ayant déjà fait fondre presque toute la neige, aucune trace du tireur n'a pu être retrouvée dans la forêt. La police enquête.

DOCTEUR SPIDERMAN

Je me tiens appuyé à la fenêtre, le front pressé contre la vitre fraîche ; je suis comme le héros tragique d'un mauvais film qui, un verre de whisky cliquetant de glaçons à la main, fixe la pénombre indécise et murmure tout bas en lui-même : *Ange.* Plus inaccessible que jamais, aussi lointain et hors de portée, en cet instant précis, que s'il était assis sur la lune.

Mon regard s'attarde dans l'obscurité de la rue et, soudain, mes pensées et mes souvenirs semblent s'y projeter comme en surimpression : une ombre noire.

Une, deux ombres noires, mouvantes, presque invisibles, totalement silencieuses, aux gestes économes et fluides comme de l'eau, deux pans de nuit qui se dissolvent dans la pénombre près des poubelles du trottoir.

Mais rien ne me permet d'être sûr d'avoir vu ce que je crois.

ANGE

En rentrant, je pense d'abord que Pessi s'est amusé à vider son baquet par terre dans l'entrée. Je commence à connaître le style de ses plaisanteries : je garde les placards fermés à clef, réfrigérateur compris, et je croyais avoir réussi à déjouer toutes ses astuces de troll.

Mon œil ! Le paillasson est jonché de pages de magazine hachées menu, si fin qu'on dirait presque de la poussière de cellulose, mais à y regarder de plus près, elles ont été déchirées et mâchouillées, pas coupées avec des ciseaux comme pour sa litière.

Pessi est invisible et, quand je pénètre plus avant dans l'appartement, je comprends qu'il s'est passé quelque chose de terrible. Dans mon lit, il y a une bosse sous les couvertures : Pessi s'est caché, caché pour une raison dont j'ignore tout.

Je m'approche du lit et je touche doucement le monticule. Il grogne, donne des coups de pied, renifle et se recroqueville à nouveau en tremblant. Il est de toute évidence profondément traumatisé.

Je suis désorienté. Je retourne dans le vestibule et je me mets mécaniquement à ramasser à pleines mains la bouillie de papier, inutile de boucher l'aspirateur avec. C'est alors que je tombe sur une bande presque intacte – maintenue par la colle qui était au dos. Une étiquette. Une étiquette où il est écrit MIKAEL HARTIKAINEN, plus mon adresse et quelques lignes de code. J'ai reçu un magazine.

Le même que celui que j'ai dans mon sac, le journal dont je suis si incroyablement fier que je l'ai acheté dès que je l'ai vu, au premier kiosque venu. Au dos, il y a une publicité, celle pour laquelle je sais qu'un jour je raflerai les récompenses, celle qui m'a rapporté quarante mille marks.

La meilleure photo de la série. Le sombre danseur sauvage aux membres antérieurs – non, aux bras – tendus vers le photographe, à l'expression partagée entre fureur et amour, moulé dans un Stalker qui accroche le regard.

Il l'a vue.

Il comprend.

Il comprend les images.

Et il les hait.

En tout cas celle-là.

YRJÖ KOKKO, *Pessi et Illusia*, 1944

Mais sans doute Pessi ne s'aperçut-il pas qu'il n'avait commencé à se connaître lui-même qu'après avoir vu son reflet à la sombre surface de l'eau calme et profonde.

ECCE

Elle est là, dans le journal, la photo qui fait la fierté d'Ange.

Superbe, vraiment superbe. Du travail de pro. Un pan de l'univers commun d'Ange et de ce foutu Martti, auquel je n'aurai jamais accès.

En même temps, cette image me turlupine, elle me rappelle quelque chose, quelque chose de trouble, d'érotique… non, plus que ça, pornographique, mais je ne vois pas quoi. En tout cas, Ange a mis dans le mille, la photo est sensationnelle, c'est une bombe, éhontément chargée de sexualité tout en ne l'étant pas.

Ça commence à me revenir.

Je vais à l'étagère de bandes dessinées du séjour.

Je suis sûr que je l'ai, quelque part par là. C'est une rareté sans nom, une édition pirate, et encore, on n'a pas dû en tirer plus de cent exemplaires. Je l'ai trouvé à Copenhague, sous le manteau, dans une boutique où même les produits les plus hards ne sont pourtant en général jamais planqués.

Je le trouve au fond du rayon, dissimulé derrière quelques grands livres d'images. L'auteur n'avait certainement pas de photos correctes à sa disposition, sans parler de modèles vivants. En comparant ses dessins à la publicité pour Stalker, les différences sautent aux yeux : bien que le troll de la photo paraisse immense, il semble plus jeune que les individus adultes, outrageusement musclés, exagérément anthropomorphes, qui s'étalent dans le livre, pourvus d'organes génitaux biologiquement parlant totalement improbables, mais c'est le style du dessinateur. Page après page, je constate qu'il s'est affranchi de toute inhibition pour créer un monstrueux érotisme bestial, dont les victimes consentantes sont de frêles et blonds éphèbes qui, la moue aux lèvres, se soumettent avec allégresse à différents abus.

Je regarde à nouveau la couverture. Le papier est de mauvaise qualité, l'encre plutôt pâle, mais le titre est imprimé en grands et fiers caractères. TOM OF FINLAND : TROLLS AND FAIRIES.

DOCTEUR SPIDERMAN

“Toute thèse exige une antithèse”, dis-je à la femme en treillis qui essaie de m’obliger à faire la conversation, alors que je préférerais de loin m’anesthésier le cerveau dans le brouhaha de voix du café Bongo pour ne plus sentir la douleur. “Pour définir ce qui est «normal», il faut aussi définir ce qui est «anormal». Et pour déterminer ce qu’est l’humanité, il faut commencer par déterminer ce qu’elle n’est *pas*.

— Est-ce que ce n’est pas exactement la même impasse ? demande-t-elle.

— Pas selon moi. Si vous deviez faire tout de go la liste de ce qui est anormal, vous citeriez certainement beaucoup moins de choses que vous n’en classeriez automatiquement, sans les citer, en dehors de la normalité.”

Visiblement, elle ne me suit pas, mais elle s’obstine. “OK, mais essayons de définir l’humanité. Ou l’intelligence. Le dauphin est-il intelligent ? Ou le singe ? Si le critère est de savoir s’ils utilisent un langage, c’est vrai pour les deux.

— Les abeilles aussi ont un langage, mais je n’irais pas les qualifier pour autant de particulièrement futées. Elles créent aussi des ensembles architecturaux complexes, ce qui élimine un autre critère à la mode : la manipulation de l'environnement. Elles y satisfont aussi, mais de là à laisser une abeille entrer à Oxford, il y a un pas que j'hésiterais à franchir.

— Bien sûr, parce qu'il est plus utile qu'elles fassent du miel pour l'homme. Et c'est pour ça qu'elles doivent être ce qu'elles sont, c'est-à-dire conformes à la définition que nous en avons donnée, et donc être la propriété de l'homme, qui est bien entendu le maître de la création.

— Je voudrais quand même souligner, dans ce contexte, que je n'ai jamais considéré l'éthique judéo-chrétienne comme un modèle, dis-je sèchement. Quel autre système de croyances a jamais plus éloigné l'homme de la nature ? Il a été interdit de vénérer les animaux comme des divinités et tous les autres liens rituels entre espèces, y compris le sexe, ont été rompus dès que le Dieu d'Israël a pris les rênes."

Elle commence à s'énerver, cette conversation dégénère. "Ce n'est pas là que je voulais en venir. Je voulais juste dire que nous n'admettrons pas que le chimpanzé est humain tant qu'il ne se sera pas rebellé."

PALOMITA

Ang hiya ng lalaki, nasa noo. L'homme porte sa dignité sur son front. *Ang hiya ng babae, tinatapakan.* La dignité de la femme se foule aux pieds.

Je savais que ce n'était pas possible. C'était trop beau pour être vrai.

Des semaines ont passé, et il n'est pas venu me voir, il m'a oubliée ; et pour moi c'est exclu, je ne peux plus, je ne veux plus aller sonner à sa porte, après cette embrassade qui a fait passer l'initiative de son côté.

Je me demande parfois pourquoi je n'y vais pas, pourquoi je ne lui porte pas à nouveau de la nourriture pour chats ou un gâteau fait de mes mains, mais c'est comme ça, depuis toujours et à jamais.

Nous sommes ainsi, nous ne savons pas ce qui est bon pour nous, nous devons savoir rester à notre place, car sinon le monde s'écroulera.

Nous sommes des êtres édulcorés.

Les hommes ne sont pas sexués. Seules les femmes le sont.

Et je ne peux pas me dresser contre Pentti. C'est impossible. C'est interdit. Une femme reste fidèle.

Mais qu'y puis-je si c'est *lui* qui m'abandonne ? S'il n'a plus d'autre solution ?

Et je pense à lui.

Quelque chose en moi murmure : Tu ne penses à lui que parce qu'il n'est pas Pentti. Qu'il est une porte qui s'est ouverte dans un mur aveugle.

MARTES

Quand le client m'a confié ce dossier, il n'imaginait pas la richesse du filon.

Sur l'écran de mon ordinateur, je sélectionne la meilleure photo, une superbe grimace, celle qui respire le plus le mépris pour l'objectif. Je coupe la tête et je la colle dans un nouveau fichier ouvert pour elle dans Photoshop.

Puis je réduis le nombre de couleurs, j'applique deux ou trois filtres d'effets, je solarise, pour voir, et j'annule aussitôt, j'élimine les pixels parasites, je trace un trait fin par-ci, un autre par-là, et je renforce le contraste pour obtenir un noir à cent pour cent.

Mon cuir chevelu m'élance. Je serre les dents.

La figure d'un troll me regarde en face, la gueule sauvage du plus assoiffé de sang des diables des forêts, réduite à quelques lignes de force, tendues à vibrer.

“Viivian, viens un peu voir.”

Viivian, l'Assistante, l'Obéissante, s'approche. Elle s'exclame.

“Ouah !

— Regarde un peu ce qu'ils avaient avant.”

Nous contemplons le précédent emblème de l'équipe de hockey sur glace qui nous a passé commande. Une maladroite créature pourvue d'une queue et chaussée de patins qu'on croirait sortie d'un mauvais livre de contes pour enfants.

"Ça va être le meilleur de la ligue, bordel.

— Sûr. Le lion des HIFK a l'air d'un chaton malade, à côté.

— Occupe-toi de mettre le texte, Viivian. Essaie avec les anciens caractères, puis avec deux, trois autres, quelque chose de plus costaud, en adaptant une police de base, au besoin.

— En haut et en bas, ou autour ?

— Plutôt autour." Je trace du doigt des arcs de cercle sur l'écran, au-dessus et au-dessous de la redoutable tête rugissante.

"Les Trolls… de Tampere.

— Hyper-tendance !" L'admiration de Viivian est sincère.

"Ouais."

ECCE

Je mime une soubrette entrant à petits pas et Ange s'esclaffe, d'un vrai rire détendu, pas par simple politesse. Je lui tends une tasse de café et je me penche pour lui baiser le front, sur lequel sont collées quelques boucles de cheveux.

"Le journal est arrivé ? demande-t-il dans un bâillement.

— Un instant, Votre Seigneurie, milord."

Je vais ramasser *Le Matin de Tampere* sur le plancher de l'entrée. Il sent l'encre d'imprimerie et le printemps humide. Ange se passe les doigts dans les cheveux, les ébouriffe en un halo doré ; je l'aime à en hurler.

Il vient à peine d'ouvrir le journal qu'il sursaute violemment. La tasse de café se brise en trois sur le parquet, le liquide brun se répand entre les lattes.

"Nom de Dieu !" crache-t-il.

ANGE

Il est là, en plein milieu d'une publicité criarde.

Un enfant prodige du hockey sur glace sourit sous son front bas, du haut de ses dix-sept ans, dans sa tenue de sport rouge et vert ; son visage reflète à la fois une puberté totalement dénuée d'angoisse et une intelligence tout juste suffisante pour lire les aventures du Fantôme du Bengale. Une peau légèrement irrégulière, une virile tentative de moustache qui lutte pour survivre sous son nez. Plutôt croquignolet, tout compte fait, si je ne voyais pas ce que je vois sur son maillot.

C'est le sujet du jour. Le nouveau projet d'emblème encensé par les instances dirigeantes de l'équipe.

Il est cousu sur la poitrine du maillot. C'est un visage en noir et blanc graphiquement épuré, au milieu du chaos des logos des sponsors et des couleurs vert sapin et rouge sang.

C'est son visage. Ou plus exactement celui d'une créature indéterminée qui lui ressemble de manière terrifiante.

Qui lui ressemble, à lui, à mon Pessi.

"Je dois y aller tout de suite."

J'essaie désespérément de lui tirer les vers du nez, mais rien à faire. Si on a utilisé sans autorisation des photos prises par son frangin, je comprends qu'il voie rouge, mais pourquoi doit-il y aller, et où, et pourquoi si vite ?

"Chez moi." Ange enfile déjà sa veste, les lèvres si serrées que sa bouche n'est qu'un trait. C'est un paquet de nerfs, froid comme de la glace, intouchable.

Vlan.

La porte claque beaucoup plus fort que nécessaire. L'escalier résonne de plus d'échos que la hache du bourreau sur le billot.

Je reste planté comme un con au milieu de la pièce. C'est comme si un pacte tacite mais coulant de source venait soudain d'être unilatéralement rompu, sans qu'on me demande mon avis.

Je tombe sur le lit, le souffle court et sifflant. Quelque chose de brillant attire mon regard sous une chaise. Celle en direction de laquelle Ange a jeté ses vêtements cette nuit. Je me penche pour regarder de plus près.

Des clefs.

Les clefs de son appartement.

J'ai eu le temps de pianoter le numéro de portable d'Ange sur le téléphone de l'entrée et de l'écouter pendant une demi-seconde sonner occupé avant de piger l'occasion que je tiens de lui rendre un mégaservice, une vraie faveur de Supersoubrette. L'occasion d'éveiller dans ses maudits yeux bleus cette expression sacrément rare mais d'autant plus précieuse, ce regard qu'il a quand il prend, un instant, conscience de mon existence.

MARTES

"Voleur."

Il me faut un moment pour comprendre qui est au bout du fil. Mais c'est Mikael, le charmant et compréhensif Michel-Ange, exhalant de tendres soupirs et un parfum Calvin Klein, qui agite maintenant son épée de feu. Il téléphone de son portable : on entend derrière lui gronder la circulation.

"Ordure. De quel droit ?

— Du droit le plus absolu, Mikael chéri." J'éprouve pour lui un mépris si glacial que j'utilise un terme qui n'aurait sinon jamais pu franchir mes lèvres. "Du droit absolu pour lequel tu m'as même signé un papier.

— Pour la campagne Stalker !" La voix de Mikael commence à monter dans l'aigu et je frémis à l'idée que je me suis parfois trouvé dans la même pièce que ce pervers.

"Apprends à lire ce que tu signes. Tu as cédé tous les droits d'exploitation à notre agence.

— Voleur.

— C'est ton frère qui a porté le pet ? Le photographe animalier. Le copain des Russes qui prend des clichés de bêtes sauvages rarissimes qu'on croirait réalisés en studio."

J'attends un quart de seconde avant de porter l'estocade.

"Ton défunt frère, pour être précis."

ANGE

Je parle au téléphone tout en fendant au pas de course le flot de voitures de la rue Sampo et en zigzaguant sur le trottoir dans la foule des ménagères chargées de sacs à provisions, paniqué, haletant. Je n'ai pas le temps d'attendre un bus ou un taxi. J'imagine : Pessi est endormi sur le canapé, tel un trou noir ouvert dans la surface blanche vers les profondeurs de l'espace. Et le journal est par terre dans l'entrée, comme une menaçante tache pâle dans la pénombre, avec la photo…

Mais quand la phrase de Martes à propos de mon frère pénètre jusqu'à mon cerveau, je reste cloué sur place. Il marque une petite pause, puis reprend de son habituelle voix douce et maîtrisée de baryton.

“La photo est signée du nom de ton frère. Il se trouve seulement qu'il est mort depuis plus d'un an. Je me suis tout de suite renseigné… quand cette affaire a commencé à se compliquer. Est-ce que tu tiens vraiment à te battre pour des histoires de copyright ? Tu veux que je raconte devant un juge qui a réellement pris ces photos, et quand, et où ?”

Quand je parviens à parler, ma voix n'est qu'un murmure.

“Et c’est pour ça que tu crois pouvoir en faire ce que tu veux ?

— Je ne crois rien, j’en suis sûr.”

Ses mots me ramènent à la place Pyynikki et à l’angoisse qui m’étreint. Mais de quoi ai-je donc peur ? Comme si Pessi allait se réveiller, ramasser le journal du jour de ses fines pattes agiles et se mettre à le feuilleter, en se disant dans sa petite tête ronde : Tiens, voyons un peu ce qui s’est passé dans le monde, si la paix est enfin revenue en Indonésie… et il verrait l’article et exploserait de nouveau dans une épouvantable rage ?

C’est exactement ce que je crains. De le trahir une nouvelle fois.

“Je vais téléphoner à ton client.” Je suis coincé, et je ne peux que proférer de vaines menaces.

La sale arrogance de Martes commence à s’effriter un peu.

“Tu ne vas pas saboter une campagne, bordel de merde, qui est déjà conçue, vendue et en partie facturée. Le look complet de l’équipe, des tenues des joueurs au papier à lettres et aux autocollants pour les bagnoles, nom de Dieu, tu comprends ? Rien que ça.

— Est-ce que tu penses quelquefois à autre chose qu’à l’argent ?

— Et toi, est-ce que tu penses quelquefois à autre chose qu’à cette chose ? C’est fou, d’ailleurs, je n’avais jamais fait le rapprochement avant, entre homophiles et zoophiles.”

Je m’empourpre. C’est comme si Martes m’avait frappé du poing en pleine bouche.

“Ça n’a strictement rien à voir, espèce de sale vipère. Tu as l’esprit si pervers que…”

Martes m’interrompt.

“Si on s’engage sur ce terrain-là, je suis sûr de gagner. Parce que je sais ce que tu es.”

MARTES

L'écume rouge de la colère bouillonne dans mes entrailles. Si Mikael téléphone au client et commence à faire du foin, adieu le budget. Adieu la réputation de l'agence. Adieu la Palme de l'affiche, les Trophées d'or et le prix Epica.

Je suis surpris de l'entendre rire, d'un tout petit rire, tout doux.

"Ce que je suis, Martes ?" demande-t-il, et bien que sa respiration soit encore saccadée, il parle maintenant d'un ton calme et un peu triste.

"Ce que je suis ? Et ce qu'était notre relation ?" Sa voix est étonnamment sereine.

"Nous n'avons jamais eu de *relation*", dis-je, et je me hais car mon cœur se met soudain à battre plus fort. "Jamais."

Je n'étais pas préparé à un tel ton. Je sais comment répondre à la fureur et à l'agression, je sais ciseler des insultes qui font mouche, comme tout bon professionnel de la communication ; mais face à cette mélancolie et à ce petit rire désenchanté, je suis démuni.

"A part une relation de travail, dit Mikael.

— Même plus, si c'est de moi que ça dépend.

— Tu te rappelles cette fois au-dessus des rapides de Tammerkoski, après huit chopes de bière ?

— N'essaie pas de m'embarquer dans tes fantasmes pervers, nom de Dieu !" Je crie dans le téléphone, et juste à ce moment, bien sûr, Viivian passe devant la porte ouverte de mon bureau, qui claque comme un fouet quand je la ferme d'un coup de pied.

"Nom de Dieu. Il serait temps que tu comprennes une bonne fois pour toutes que..." Je crache les mots entre mes dents.

"Inutile. J'ai parfaitement compris."

Je l'entends prendre une grande inspiration, comme j'entends changer le timbre de sa voix, soudain entourée d'échos.

Clic. Tonalité. Le son grimpe, enfle dans mes oreilles en un sifflement de plus en plus aigu, si perçant que je sens mes yeux jaillir de leur orbite et mon visage virer à l'écarlate, et je l'écoute, je l'écoute jusqu'à ce que je comprenne enfin ce que je dois faire.

Je dois mettre un terme à cette histoire.

V

QUAND D'AUTRES SONT FILS DE LA NUIT

LARS LEVI LAESTADIUS, *Exhortation à la pénitence*, 1849

C'est pour cela qu'ils sont noirs comme des Tatars, quand ils reviennent lacérer de leurs griffes les habitants de la terre qui portent une croix sur la poitrine. Mais ces spectres sont pareils aux ogres de la forêt qui hurlent tels des loups quand ils sentent l'odeur du sang, et certains rient comme des possédés quand le démon les engloutit.

PALOMITA

Un bruit. Des pas dans l'escalier. Je me fige.

Un espoir. Un pincement au cœur.

Ils montent.

Mikael !

Je m'élance vers la porte, je grimpe sur le tabouret et je colle mon visage à l'œil.

La déception me noue l'estomac : c'est un jeune homme, un inconnu, brun avec des lunettes. Il va chez Mikael, sans savoir qu'il n'y est pas.

Il n'y est pas encore, mais il ne saurait tarder.

Il ne reste jamais parti bien longtemps.

Aujourd'hui, j'ai attendu dans l'escalier avec mon sac à provisions jusqu'à ce que la dame d'en face sorte et me voie, comme par hasard. Elle a tout de suite remarqué le chocolat et la liqueur de fraise sur le dessus du cabas et s'est mise à me poser des questions mielleuses. Et moi, le souffle court, je lui ai chuchoté en confidence que j'attendais de la visite. Une merveilleuse et importante visite.

J'ai vu ses yeux s'allumer.

ANGE

J'ai à peine franchi la porte de l'immeuble que je fouille dans ma poche à la recherche de mes clefs. Je fouille à nouveau. Je m'arrête, je tâte toutes mes poches.

Elles n'y sont pas.

Je dois m'occuper de Pessi. Je dois m'en occuper tout de suite.

Je n'ai jamais dérangé la gardienne pour quoi que ce soit, mais cette fois je monte au premier étage en courant comme un lièvre détraqué, et je sonne et je tremble : faites qu'elle soit là, faites qu'elle soit là, faites qu'elle soit là.

D'autres pas, pressés, et cette fois c'est lui, qui remplit le petit monde rond de l'œil de la porte.

Avant d'avoir eu le temps de descendre du tabouret, je vois qu'au lieu de continuer à monter il sonne chez la dame aux bigoudis. Il carillonne et carillonne, l'air fébrile, et enfin la porte s'ouvre et je vois ses genoux fléchir quand elle apparaît dans l'entrebâillement, une cigarette aux lèvres. Mikael explique quelque chose, il s'appuie d'une main au chambranle et pianote nerveusement dessus en parlant. La dame disparaît à l'intérieur et revient au bout d'un instant avec un trousseau de clefs qu'elle donne à Mikael en expliquant doctement quelque chose avec un sourire entendu, et il hoche si fort la tête qu'elle en tremble.

Je saute du tabouret, maintenant maintenant maintenant, c'est le moment ; j'ouvre la porte et Mikael n'a pas eu le temps de faire plus de deux enjambées pressées vers l'étage supérieur que je l'appelle, je glisse que j'ai quelque chose de très très très important à lui dire, et il s'arrête, fronce les sourcils, puis s'approche et demande : "Quoi ?" et je le prends par le bras pour le tirer dans l'appartement.

Et je sais que la dame de l'escalier a tout vu.

Il n'a pas trouvé d'autres clefs, car la sonnette retentit faiblement dans le vide pour la quatrième fois. Peut-être n'a-t-il même pas eu le temps d'arriver chez lui, ou n'a-t-il pas encore vérifié qu'il avait ses clefs. La surprise sera d'autant plus savoureuse, de les trouver qui l'attendent déjà, avec un petit cadeau en prime. Je décide de me poster à l'intérieur, de me tenir prêt, en entendant ses pas, à ouvrir la porte d'un geste et à crier à Ange stupéfait et ravi : “Coucou !”

Il est de toute façon grand temps – pour je ne sais quelle obscure raison, il ne m'a jamais invité chez lui. J'espère qu'il ne va pas piquer une colère noire, si j'entre sans permission. Si je m'introduis dans le séjour des anges.

Et c'est là que ça me revient, bien sûr. Gustaf Eurén et *Les Carnassiers de Finlande, illustré de gravures*. J'ai une sacrément bonne raison d'entrer. Ange ne m'a toujours pas rendu mon livre, malgré les remarques que je lui ai déjà faites plusieurs fois.

C'est un ouvrage foutrement précieux.

Je sors les clefs de ma poche et je les soupèse dans ma main.

C'est mon droit. Non ?

PALOMITA

Il a l'air soucieux et un peu absent, mais il est là, avec ses cheveux d'or et ses yeux, les seuls qui sachent voir au-delà de mes seins et de mes cheveux noirs.

Il me demande ce qu'il y a. Je le regarde dans les yeux et je souris, il faut absolument qu'il lise sur mon visage à quel point je tiens à lui. Parce que c'est la dernière occasion que j'ai de pouvoir le lui montrer. Parce qu'il n'y a plus de retour.

Et exactement comme je l'avais prévu, juste au moment voulu, il se produit ce qui devait se produire, le dénouement.

La clef tourne dans la serrure.

ECCE

La clef tourne dans la serrure.

ANGE

Je me retourne et qui voilà, nom de Dieu, Koistinen, le VRP chéri de Palomita.

L'homme est plus ou moins vaguement courtaud, rondouillard, rougeaud et dégarni. Ses tempes brillent de quelques gouttes de sueur.

"Tiens donc."

Il parle d'une voix parfaitement calme et un peu cynique, comme s'il s'était toujours attendu à quelque chose de ce genre et que ses soupçons se soient enfin confirmés.

"Putain un jour, putain toujours." Du plat de la main, il envoie Palomita heurter le mur ; elle se répand en un torrent de paroles où se mêlent l'anglais, le finnois et une langue que je ne comprends pas.

"Tais-toi, salope. Laisse plutôt ce don Juan s'expliquer."

Je me drape dans ce qui me reste de dignité. "Mikael Hartikainen, votre voisin du dessus, bonjour." Je lui tends la main, mais Koistinen la regarde comme une cuisse de poulet oubliée depuis trois semaines au réfrigérateur.

"Il suffit qu'on tourne le dos, ici, pour que ça se transforme en lupanar.

— Je crois qu'il y a un malentendu. J'ai perdu mes clefs, et en venant chercher le double chez la gardienne, en face, j'ai croisé madame qui avait quelque chose à me demander, et comme on se connaît depuis déjà un certain temps, je..."

Je comprends à l'expression de Koistinen que j'ai gaffé.

"Depuis un certain temps, vraiment. C'est qu'il y a des stipulations très claires, dans mes accords avec madame, à propos de ce genre de choses. On ne fréquente pas les inconnus.

— On ne s'est jamais... fréquenté. On s'est juste rencontré une ou deux fois et on a lié connaissance et..."

J'allais dire : "Il nous est arrivé de nous rendre visite", mais je comprends à la dernière seconde comment ce néandertalien rose bonbon risque de l'interpréter.

"Et jusqu'*où* a-t-on lié connaissance ?"

Koistinen parle comme dans un film des années trente, on croirait un pasteur de campagne interrogeant d'un ton sévère une servante et un valet de ferme soupçonnés de fornication, et la scène est si comique que je pourrais éclater d'un rire hystérique si je ne voyais les sentiments qui flamboient dans les yeux de Palomita – de la peur, et aussi autre chose, d'indéchiffrable mais de terrifiant.

Au même moment, j'entends du bruit au-dessus de nos têtes. Comme la chute d'un objet lourd, un meuble, peut-être. Ça vient du deuxième étage. De mon appartement.

Pessi est en train de faire des bêtises.

Je dois mettre fin à cette farce et monter chez moi au plus vite. Koistinen a projeté sa mâchoire en avant comme un bouledogue ; il a décidé de transformer le vestibule en prétoire et de démêler avec délectation cette affaire jusque dans les moindres détails. Il est le président du tribunal et le jury, et je décide, dans mon affolement, de jouer les témoins surprise.

J'écarte les mains, je me déhanche, je lève une épaule, je secoue ma chevelure, je fais la moue. Je prends un ton aussi nasillard et miaulant que possible.

"Mais Dieu du ciel, dis-je d'une voix exaspérée. Vous voyez bien qu'il n'a rien pu se passer de ce genre. Regardez-moi, Koistinen, vous ne voyez pas que je suis… doux Jésus ! Enfin !"

Je tortille des hanches. "Que *j'en suis*, quoi !"

Koistinen me regarde un instant et, pour couronner le spectacle, je cligne de l'œil.

Son poing part comme l'éclair et me touche à la pommette, l'autre me cueille à l'estomac et, sous les insultes et les jurons, je tombe assis sur le palier par l'entrebâillement de la porte qui claque derrière moi. Tandis que je me relève, j'entends des cris étouffés qui s'interrompent brusquement.

ECCE

De la lumière filtre dans le vestibule par la porte du séjour. Putain, la première chose qui me tombe sous les yeux est l'extrémité d'un canapé de cuir blanc. Tout est hyper-classe. Du verre et du chrome, du bois clair, du blanc, du gris et du noir. Des lithographies sur les murs.

Ça m'égratigne. Je suis bien trop ordinaire, trop grossier pour un type qui a un intérieur pareil. Je suis une bête.

Il faut au moins que j'ôte mes chaussures.

Je me penche pour les retirer, et je me rends compte en même temps qu'il règne dans l'appartement une odeur de forêt, forte et épicée, comme le parfum enivrant qui flotte parfois autour d'Ange. Son after-shave ? Je renifle instinctivement mes aisselles. Et merde, j'ai le même sweat-shirt en synthétique sur le dos depuis déjà une semaine, et ça se sent.

Je dispose soigneusement mes chaussures côte à côte au bas du vestiaire et je me regarde un instant dans le miroir de l'entrée, je tire mon peigne de ma poche revolver, j'essaie de mettre un peu d'ordre dans ma tignasse en mal de coiffeur.

L'escalier s'anime, mais le bruit vient de plus bas ; ce n'est pas encore Ange.

J'entre dans le séjour, au royaume des teintes naturelles, dans le monde enchanté des choix de décoration réfléchis. Dans une page de revue d'ameublement.

A cet instant, derrière moi à gauche, un grattement.

Une flèche noire sur fond blanc.

Et tout vire au rouge.

ANGE

Je grimpe l'escalier, la joue en feu. Je n'aurai sans doute guère qu'un bleu, et je pourrai toujours le cacher avec du fond de teint.

J'ai gardé pendant tout ce temps le passe-partout serré dans mon poing. Il est chaud et mouillé de transpiration. J'ouvre enfin la porte, et je sens l'odeur.

Métallique et pénétrante, mêlée à la puanteur d'excréments frais.

J'entre, je traverse l'entrée jusqu'au séjour. Et la nausée me monte à la gorge. Mais je ne parviens pas à vomir, car plus aucun de mes muscles ne répond.

Ecce.

Ecce. Avec à côté de la main, sur le plancher, mon trousseau de clefs.

Il est étendu par terre, et il y a du sang partout. Le canapé de cuir blanc est comme une grotesque amanite tue-mouche. Dans la gorge d'Ecce s'ouvre une deuxième bouche, grande et rouge, oh ! si rouge. Ses intestins se sont vidés dans son jean.

Quand mon estomac se retourne enfin, c'est un soulagement.

Je m'accroupis et je vomis sur le parquet.

Ecce, Ecce, Ecce, qu'as-tu fait ?

Pourquoi es-tu venu là, toi qui étais si intelligent et si incisif, plus que blasé mais en même temps si gamin et rieur, et un peu perdu dans la vie ?

Toi qui étais si inventif au lit, prêt à tout et vif comme un poisson.

Toi dont la mâle odeur de sueur et de sperme a parfois flotté autour de moi, atteignant de sensibles narines noires comme un coup, comme une menace, comme la marque d'un clan étranger.

Pessi sautille nerveusement, un peu raide, comme s'il était monté sur des ressorts, il regarde le corps, puis moi, à tour de rôle. Il est fier comme Artaban, mais aussi un peu inquiet. Il ne sait que faire, dévorer sa proie ou me la céder, à moi qui suis la seule tribu qui lui reste.

Ils se tiennent, bleu foncé, debout dans mon cabinet, irradiant d'une autorité un peu embarrassée.

"Nous avons donc besoin d'un vétérinaire pour surveiller l'administration du narcotique.

— Un grand carnivore ? Chez un particulier ?"

Je hausse les sourcils, prétendument stupéfait au plus haut point ; je cherche à gagner du temps, sans même savoir ce que j'en ferais, et mon cœur bat la chamade. Ange, Ange, dans quoi t'es-tu fourvoyé ?

"Nous n'avons pas non plus tout de suite pris cette dénonciation de braconnage au sérieux, mais au vu de certaines photographies très convaincantes et des blessures de la victime, nous avons décidé qu'il valait mieux vérifier la chose. Il est bien sûr peu probable que quelqu'un garde un animal de ce genre dans un appartement, mais pour plus de sûreté, et ne serait-ce qu'en application du règlement, nous devons nous faire accompagner d'un vétérinaire. En cas d'incident sérieux, la bête pourrait devoir être..."

Ils marquent une pause d'une demi-seconde et je sais exactement où ils veulent en venir.

“Achevée.

— Oui.

— Et… si on ne l’achève pas, qu’en fera-t-on ?”

Les policiers se regardent, ils ne s’attendaient pas à cette question.

“Les zoologistes, sans doute, c’est un animal assez rare pour ça.”

J’ai terminé mes consultations de la journée, la lumière printanière du soir dore la fenêtre. Ange.

Le fonctionnaire de police se dandine nerveusement.

“Vous avez certainement ici tout ce qu’il faut… votre assistante nous a dit que vous aviez déjà fait ce genre de choses.”

Achevé des chiens malades, oui. Et même de gros chiens.

“Je suis à vous tout de suite. J’en ai pour deux minutes.”

Il hoche la tête.

“Puis-je vous demander de patienter un instant dans la salle d’attente ?” dis-je, et le soulagement m’inonde quand les policiers acquiescent et tournent les talons, sortent comme je l’espérais. On obéit heureusement d’instinct au docteur – même vétérinaire – et ils ne s’arrêtent pas plus que d’autres à se demander pourquoi ils devraient attendre dehors.

Je soulève le combiné, les mains moites. Tandis que le signal d’appel retentit, je balbutie mentalement : Va-t’en, va-t’en tout de suite, emmène Pessi, va-t’en avant qu’ils n’arrivent… Et le téléphone sonne, et sonne, et enfin – faisant déferler sur moi un monstrueux tsunami de soulagement – Ange répond.

ANGE

Le téléphone portable à l'oreille, je fixe le corps d'Ecce.

"J'envisageais déjà un peu de changer d'air, à vrai dire", dis-je calmement au docteur Spiderman.

DOCTEUR SPIDERMAN

Et me voilà, Petteri Parkkinen, docteur vétérinaire bientôt rayé des cadres, en route vers le fourgon de police où la brigade spéciale d'intervention attend déjà.

ANGE

Mon sang bouillonne à mes oreilles et dans ma tête retentit la musique sans paroles d'une marche guerrière ; elle rythme ma panique et résonne, aussi puissante, insistante et fatidique que les battements de mon cœur, tandis que j'éteins mon portable et que je le jette dans la cuvette des WC. J'enfile une tenue vert forêt en goretex, légère, solide et imperméable, que j'ai achetée un jour pour aller camper une semaine en Laponie avec Pauli mais que je n'ai plus portée depuis. Je lace à mes pieds des chaussures de randonnée étanches enserrant la cheville, à semelles épaisses, choisies jadis pour impressionner Jens et suffisamment utilisées pour être confortables.

Je vais peut-être devoir subsister longtemps dans les bois, mais je dois faire vite. Un petit sac à dos, un couteau suisse, une bouteille d'Evian vide remplie en hâte d'eau du robinet, un briquet en plastique, un pull de laine et des chaussettes de rechange. Dans le réfrigérateur, je ne trouve guère à emporter que du salami allégé sous vide. Je ne peux pas non plus prendre beaucoup de vêtements, mais le printemps est extraordinairement chaud, une vingtaine de degrés depuis la mi-avril. Pessi sautille impatiemment, il sent ma sueur froide et âcre, ma peur et ma panique.

Il fait encore jour, malgré l'heure tardive, et je maudis la saison ; j'arrache le plaid du canapé, j'y enroule Pessi et je le prends dans mes bras – oh ! comme mon petit troll est encore d'une légèreté d'oiseau, plus grand mais toujours aussi mince et frêle, pareil à ce qu'il était il y a six mois, quand j'ai changé de vie en accueillant un changelin chez moi.

PALOMITA

Ma pommette tuméfiée me brûle à force de la tenir pressée contre l'œil de la porte pour tenter au moins d'apercevoir Mikael. Et je le vois : il descend l'escalier quatre à quatre, bizarrement habillé, serrant un gros ballot allongé. Il court si vite que je n'aurais de toute façon pas eu le temps d'ouvrir et de l'appeler, et le fait que Pentti ait fermé la porte à double tour de l'extérieur ne me paraît plus si tragique.

Puis je vois arriver des policiers, deux minutes après que Mikael a disparu. Je suis sûre que Pentti a mis sa menace à exécution et qu'ils viennent pour m'emmener. Il m'a dit qu'en Finlande les femmes qui trompaient leur mari allaient en prison. J'y passerai le restant de mes jours et ma famille devra lui rembourser tout l'argent qu'il a dépensé pour moi, et je serai couverte de boue et de honte. Mais ils ne se dirigent pas vers notre porte, et je me rends soudain compte que c'était ce que j'espérais. Qu'ils viennent et m'emmènent avant le retour de Pentti, ivre comme d'habitude.

Les policiers montent l'escalier avec un grand filet et un gros chien à muselière dont les griffes crissent et glissent sur les marches de pierre, et l'un d'eux porte un drôle de fusil à canon long. J'entends la sonnette, puis quelqu'un crier par la fente à courrier, et enfin des bruits de porte qu'on force. Pendant un moment, tout est silencieux, jusqu'à ce que l'un des hommes revienne d'un pas lourd ; il a un visage de chien triste et ne porte pas d'uniforme mais un long manteau beige. Il s'assied sur une marche et enfouit sa tête dans ses mains ; quelques instants plus tard, deux autres hommes montent l'escalier avec une civière.

Malgré ma main qui me fait affreusement mal, je me mets à cogner à la porte et à crier, de toutes mes forces, pour être sûre qu'ils m'entendent.

ALEKSIS KIVI, *Les Sept Frères*, 1870, traduit du finnois par Jean-Louis Perret

JUHANI. – On poursuivait un ours, un fauve dangereux, qui aurait pu vous exterminer, vous comme vos bœufs. On a tué ce carnassier féroce et rendu ainsi à notre patrie un grand service public. En effet, n'est-ce pas un service public que de purger la terre des fauves, des diables et des démons ?

ANGE

Personne ne me prête attention, la ville est sans doute pleine de gens en tenue de randonnée qui se ruent dans des taxis avec d'énormes ballots de mohair sous le bras. Le chauffeur hausse certes un peu les sourcils mais ne pose pas de questions, Dieu merci Pessi se tient coi sur mes genoux, occupé à flairer les odeurs inconnues et à écouter les bruits nouveaux à travers le fin tissu de laine.

Le trajet jusqu'à la lisière de la ville ne prend que quelques minutes, pendant lesquelles le conducteur ne parle guère, se contentant de jeter par moments, dans le rétroviseur, un coup d'œil suspicieux à mon front emperlé de sueur. Je sors un billet de banque de ma poche et je le lui tends, je ne vérifie même pas mais c'est sûrement assez, je descends sur le bord de la route et je m'enfonce droit dans la forêt. Je suis déjà loin dans les broussailles quand j'entends le taxi démarrer rageusement. Si mes souvenirs sont bons, en gardant maintenant le soleil couchant dans le dos, nous devrions arriver à travers les bois de Kauppi jusqu'à la réserve naturelle de Halimasjärvi ; c'est le seul chemin par lequel nous ne risquons pas de rencontrer trop d'habitations et, de là, nous pourrons gagner la forêt de Teisko.

J'ai failli plusieurs fois m'étaler et Pessi commence à s'énerver, il se tortille et se débat sous son plaid. Je décide que nous sommes suffisamment loin de la route, je le pose et je le libère. Ses yeux brillent d'excitation, ses oreilles s'agitent, ses narines frémissent dans le bouillonnant tumulte d'odeurs de la forêt et sa queue se dresse telle une vibrante antenne.

Au même moment, j'entends un son qui ne devrait pas encore retentir à cette époque de l'année mais qui signale irrévocablement que le printemps est là, et je sais que Pessi peut maintenant me quitter, à jamais et sans retour. Le son, tristement monotone, sonne comme un glas.

Un coucou chante.

ANNI SWAN, *Soyeuse et les Trolls*, 1933

"Quiconque a bu le nectar de la coupe des trolls ne ressortira jamais de leur grotte."

Belle poussa un cri de frayeur en voyant les deux horribles monstres.

"N'aie pas peur, chuchota le jeune troll. Personne ne te veut aucun mal." Il la regarda d'un air suppliant : "Reste ici, je suis le seul parmi les trolls à connaître comme les hommes le chagrin et la mélancolie. Quand j'étais petit, ma mère m'a échangé contre un de leurs bébés. Elle voulait que j'acquière leur savoir et leur sagesse. Mais mon père ne supportait pas les humains. Il est venu me reprendre et rapporter l'enfant. J'ai malgré tout passé sept jours et sept nuits dans son berceau, et sa mère me chantait des berceuses pour m'endormir. Depuis, je ne suis plus qu'à demi troll, et mon autre moitié aspire à retourner chez les hommes."

Ça fait vraiment du bien de se soûler.

A partir d'un certain stade, les choses les plus douloureuses et les plus accablantes paraissent tout à fait, ou disons presque, supportables.

On peut alors les analyser comme au travers d'une vitre sépia. Les examiner sans avoir vraiment à y toucher. Dans les brumes de l'alcool, y réfléchir est comme regarder des insectes venimeux dans des flacons aux parois épaisses et au couvercle étanche, alors qu'à jeun, y penser revient à marcher dans une jungle grouillant de ces mêmes bestioles, prêtes à bondir sur votre nuque nue ou à vous mordre à la jambe si on relâche sa garde ne serait-ce qu'une seconde.

J'oublie le corps du jeune homme.

Je ne veux pas savoir où Ange peut maintenant se trouver.

Je pense à la légende des filles de la forêt, ombres vibrantes et chuchotantes qui prenaient les jeunes gens dans leurs rets et les entraînaient au plus profond des bois, d'où ils ne revenaient jamais.

Par quoi étaient-ils finalement attirés ? Certainement pas par un bras joliment tourné apparaissant un instant entre deux sapins, ni par une chevelure ondoyant derrière un rocher, mais par une intense charge érotique imprégnant l'air, une piste de phéromones.

Cette odeur doit forcément être liée, d'une façon ou d'une autre, à la cohésion de la microcommunauté. Elle pourrait par exemple n'agir que sur les mâles, permettre aux plus jeunes membres du clan de manifester face à l'individu dominant leur soumission et leur bonne volonté. Qui sait ? Ça expliquerait aussi pourquoi le troll d'Ange, au lieu d'essayer de le tuer ou de l'attaquer, a protégé son territoire chaque fois qu'il l'a pu. Pourquoi il lui obéissait. Ne grignotait pas les fils de l'ordinateur et ne se faisait pas les griffes sur le canapé. Ange était son mâle dominant.

Ça expliquerait bien d'autres choses.

Une phéromone qui franchirait la barrière entre espèces ? Pas impossible. Le musc, par exemple, excite autant l'ovibos que le sultan dans son harem.

Une phéromone qui n'agirait que sur les mâles ? Bien sûr. Et une phéromone qui n'agirait que sur un *certain type* de mâles ? Ceux pour qui il est particulièrement important de faire de l'effet à d'autres mâles ?

Pourquoi pas ?

Mais y a-t-il – et je me pose la question avec le même délicieux frisson de peur que si je foulais la glace craquante d'un lac gelé de la veille –, y a-t-il dans tout cela autre chose que la somme de hasards moléculaires ?

Pourquoi sont-ils ici ?

Pourquoi ont-ils fréquenté les hommes – et en abondance, d'après les contes et les légendes – justement à l'époque où ces derniers ont réellement commencé à peupler les forêts jusque-là inhabitées ? Puis ils ont disparu, au début des temps modernes, jusqu'à passer pour un mythe. Et même après leur découverte officielle, ils sont restés discrets. Mais aujourd'hui, un changement est à l'œuvre, comme quand l'homme a pour la première fois tenté de chasser le troll de son territoire.

C'est en marche.

Ils reviennent et veulent la même chose qu'à l'époque dont parlent les histoires de trolls résidant à proximité immédiate de lieux habités, commerçant avec les humains et pratiquant des échanges culturels en introduisant leurs marmots dans nos maisonnées…

Ils sont de retour, et poubelles et dépotoirs sont leurs nouvelles pierres sacrificielles.

Ils sont là parce qu'ils n'ont pas le choix. La sylviculture intensive, la pollution et la disparition du gibier les ont acculés.

Le réchauffement du climat.

Je ris tout haut et je retourne me verser à boire. Il n'y a plus de whisky ; je fais crisser le bouchon d'une bouteille de gin, je me sers, je lève mon verre, et la forêt surgit autour de moi.

Pessi. Je regarde presque à mes pieds, que fait-il là, prêt à me sauter dans les bras ? Au même instant, je comprends et le rouge me monte aux joues. Le gin. Le parfum de la forêt. Les baies de genièvre et Calvin Klein. Comme la mémoire olfactive de l'homme est efficace, et associative !

Je manque repousser mon verre, mais finalement je contracte les mâchoires et je le vide cul sec. Je retiens une nausée, et je sens ma bouche d'abord envahie de froid, puis mon ventre de flammeroles brûlantes.

Ils reviennent, et font ce que font déjà les moineaux, les pigeons ou les rats, cohabiter avec nous, que nous le voulions ou non. Ils mangent nos restes, chapardent un peu et dorment dans nos bâtiments vides. Jouent les sorcières dans les étables à Pâques et à Mardi gras, comme le veut la tradition. Posent peu à peu leurs marques sur notre territoire, sans que nous nous en apercevions, jusqu'au jour où ils seront parmi nous.

Espérons qu'ils s'en contenteront.

SAMULI PAULAHARJU, *Souvenirs de Laponie*, 1922

Mais la preuve la plus évidente et la plus irréfutable de l'existence du peuple souterrain est que beaucoup de gens, même parmi nos contemporains, ont vu de leurs propres yeux de ces êtres chtoniens, leur ont parlé et les ont fréquentés. Et l'on ne peut mettre leurs affirmations en doute, car ce sont de vieilles gens et de bons chrétiens, qui n'ouvrent pas la bouche pour ne rien dire.

ANGE

Soudain Pessi se fige.

Nous ne sommes plus très loin de Halimasjärvi et, jusqu'ici, nous n'avons rencontré personne. Les rayons du soleil se font heureusement de plus en plus obliques et, peu à peu, un crépuscule arachnéen descend sur la forêt.

J'ai bu l'eau des ruisseaux, et je suis réconforté de savoir que je peux, à tout moment, m'endormir sous un grand sapin, sur le tapis d'aiguilles cuivré d'une tente de branches descendant jusqu'au sol.

Pessi m'a accompagné, s'écartant certes dans les broussailles et échappant parfois presque complètement à ma vue – Dieu, qu'il se déplace sans bruit dans les bois – mais, malgré mes craintes, il n'a pas disparu de son côté sous le couvert de sapinières où je sais que je ne parviendrais jamais à le suivre.

Mais là, il s'est raidi, et sa queue s'agite comme elle ne l'a jamais fait auparavant. Elle bat en arc de cercle, comme électrisée, et exprime à mon avis autant l'excitation qu'un soupçon de peur et…

… un grand et profond amour.

Je viens juste de comprendre la réaction de Pessi quand une ombre noire obscurcit mon champ de vision.

Elle a surgi de derrière un arbre tel un fantôme de cauchemar, se matérialisant là où un instant avant il n'y avait rien, et tout mon corps se pétrifie, je me sens soudain comme une viande pas trop appétissante, emballée dans du goretex, respirant par saccades.

Pessi est fou de joie.

Comme un chiot retrouvant sa mère, il se précipite vers l'immense troll mâle – qui pourrait être le grand frère musclé, superbement brillant, du spécimen que j'ai vu au muséum –, se roule à ses pieds, lui donne des coups de patte, saute contre lui, le lèche, jusqu'à ce que l'ogre, sans aucun doute son père, ou le mâle dominant de son clan, le fasse passer derrière lui d'un geste comme négligent de sa patte de devant gauche.

Et ce qu'il tient dans sa patte droite est d'une cruelle évidence, *je m'en doutais d'ailleurs, inconsciemment, avec le pillage de l'arsenal de Parola et toutes ces autres histoires bizarres*, me murmure mon esprit paralysé au moment où il lève le bras, porte d'un geste un fusil de guerre à sa hanche et fait sauter le cran de sûreté.

"Un homme est recherché pour meurtre", *Le Matin de Tampere*, 22 avril 2000

La police a lancé un avis de recherche contre MIKAEL KALERVO HARTIKAINEN, trente-trois ans, originaire de Tampere, suspecté d'homicide. Mardi dans la journée, les forces de l'ordre appelées sur les lieux ont trouvé le corps d'un jeune homme dans l'appartement du fugitif. Dans l'intérêt de l'enquête, la police n'a donné aucune information sur les circonstances du meurtre.

Il a été établi que Mikael Hartikainen a quitté son appartement peu après les faits pour se rendre en taxi dans le quartier de Kauppi, après quoi on ignore tout de ses mouvements.

Le suspect, d'allure sportive, mesure 1,82 mètre. Il a les yeux bleus et les cheveux blond doré. Au moment de sa fuite, il était vêtu d'une tenue de randonnée de marque Halti, verte avec des galons rouges au col et aux poignets. Il se peut qu'il soit armé et il est considéré par la police comme extrêmement dangereux.

Les autorités invitent toutes les personnes disposant d'informations sur Mikael Hartikainen à appeler immédiatement la permanence téléphonique mise en place au 219 50 13.

ANGE

Il fait, avec le canon de son fusil, un geste si souvent vu au cinéma qu'il en est comique, mais qui fait étrangement froid dans le dos lorsqu'il est exécuté par…

Un animal.

Un animal ?

Mais le message est clair. En avant, marche, et c'est moi le prisonnier.

YRJÖ KOKKO, *Pessi et Illusia*, 1944

"As-tu déjà vu un homme ? demanda un jour Illusia à Pessi.

— Oui, une fois, répondit-il.

— Et de quoi avait-il l'air ? voulut-elle savoir.

— Il nous ressemblait beaucoup, à toi et à moi, dit Pessi. Mais je ne l'ai pas regardé très longtemps.

— Pourquoi ? s'enquit encore Illusia.

— Il était si grand. Je l'ai vu là-bas dans la lande, là où les oiseaux prennent leurs bains de sable. Les bruyères venaient d'éclore et les papillons azurés se gorgeaient tranquillement de leur suc quand tout d'un coup je me suis trouvé nez à nez avec lui. Et j'ai pris peur.

— Pourquoi donc ?

— Il m'a regardé droit dans les yeux et sa frayeur a coulé en moi."

ANGE

Devant nous, le ciel pâlit. Il est cinq heures.

Nous sommes loin dans les bois, dans un milieu dont l'impénétrabilité défie l'imagination de qui n'a fréquenté toute sa vie que les fausses forêts des abords des villes, petites parcelles prétendument naturelles qui ne sont en fait que des parcs, sillonnés de sentiers, débroussaillés, éclairés et équipés de bancs, peuplés d'arbres presque tous du même âge. Ici c'est autre chose, la sylve est obscure et dense, elle jaillit violemment de la mousse vers le ciel, comme si la terre la poussait hors de son sein, suffoquant sous l'effort. C'est un champ de bataille, espèce contre espèce, le buisson étouffant l'arbre et l'arbrisseau la sphaigne, car tout est limité : la lumière, l'air, les sels minéraux.

Dans ce chaos vert et brun, nous avançons rapidement et presque sans un bruit ; seuls ma respiration haletante et les craquements irrémédiablement pataúds de mes chaussures de randonnée troublent l'aube, tandis que Pessi et le grand mâle m'entraînent par d'invisibles chemins. Ce sont des sentiers de troll, des pistes imperceptibles à l'œil nu mais, à y regarder de plus près, les sous-bois les plus inextricables et les brèches du rocher les plus impraticables se révèlent être des raccourcis. Nous progressons comme si les arbres, les pierres et les broussailles n'étaient qu'une brume que nous fendons telles des ombres silencieuses et efficaces.

Aucun être humain ne saurait nous suivre, en tout cas pas à pied.

MARTES

Un homme est recherché pour meurtre.

Tiens, tiens.

Ce n'était pas exactement mon but. Je voulais certes qu'il ait des ennuis et soit marqué du sceau de l'infamie – et ma dénonciation ne relevait que de la légitime défense. Mais il semblerait que la situation m'ait quelque peu échappé.

Je ne sais pas ce qui s'est passé, et finalement peu importe. De là où il se trouve, ou se trouvera bientôt, Mikael ne risque plus de téléphoner à mes clients et de faire des histoires à propos de droits sur des photos – soigneusement archivées, soit dit en passant, enregistrées dans le tréfonds de mon disque dur et gravées sur un CD de sauvegarde. Stalker a déjà commandé une campagne d'affichage : chacune des faces des colonnes triangulaires de toutes les villes de Finlande s'ornera de sa photo de troll dansant, superbement grimaçant, déchaîné dans trois postures différentes – saut, mouvement ou position d'une impossible souplesse –, dans l'étreinte d'un Stalker parfaitement ajusté, tel un éclair noir figé par l'objectif.

UNO HARVA, *Croyances anciennes des Finnois*, 1933

Tout comme le bétail, les gens peuvent se trouver "couverts" par la forêt, surtout s'ils ont le malheur d'emprunter ou de croiser la route du "maître de la forêt" *(metsänhaltia, hiisi)*. A Rukajärvi, on dit que celui qui a coupé la piste d'un sylvain *(metsähinen)* ne retrouve plus son chemin. A Olonets, on parle des "traces de l'ours" et, parmi les Vepses, de "mettre ses pas dans ceux de l'esprit de la forêt". Chez les Estes, quand le "soulier froid" *(külmking)*, qui hante principalement la forêt, s'est posé sur la terre, on risque de marcher sur ses brisées et, dans ce cas, de ne plus retrouver sa maison, même lorsqu'on l'a sous les yeux. Les Suédois de Finlande croient également en l'existence de telles pistes surnaturelles *(skogsrådans fjät, trollspår)*, qui ne sont par ailleurs inconnues ni en Suède ni dans le folklore russe, par exemple, où l'esprit des forêts *(lessovik, lesnoï khoziaïn)* fait aussi s'égarer les gens.

De nombreux exemples montrent que les victimes ne sont pas simplement perdues dans la forêt, d'autant plus qu'elles peuvent se trouver à deux pas de chez elles, mais plongées dans un état étrange où rien n'est comme dans notre monde.

ANGE

A l'ombre d'un sapin, entre des rochers moussus, la grotte dessine une mince bouche noire.

Le soleil s'est levé derrière la forêt, ses rayons obliques filtrent en rais de brume dorés à travers les branches et parsèment les sphaignes de taches scintillantes.

Deux ombres se détachent sans un bruit de la roche, si imperceptiblement qu'elles semblent glisser de l'obscurité dans la lumière, et s'avancent, narines frémissantes. Elles dégagent une forte odeur animale, comme celle de Pessi, mais plus sauvage, pénétrante et musquée, et l'une d'elles tend sa patte griffue vers moi. Je me fige, car ses dagues pourraient m'éventrer d'un geste, mais, au lieu de me déchiqueter, elle plonge ses doigts souples, agiles et délicats dans la poche de ma veste et se saisit de mon briquet en plastique mauve.

Quand l'ogre l'allume, je vois que ce n'est pas la première fois qu'il manipule un tel objet.

Les rayons du soleil commencent à couler dans la clairière tel un flot tiède. Les pupilles des trolls sont si contractées qu'elles sont presque invisibles, et ils se tournent pour disparaître dans la gueule de la grotte. Le grand mâle fait avec le canon de son fusil un minuscule et économe mouvement, et je comprends.

Pessi s'est approché, sa queue tressaille et frémit et il lève les yeux vers moi, plein d'attente.

Quelque part, au loin, un coucou chante.

Je le prends par la main et j'entre.

Ouvrage réalisé par l'atelier graphique Actes Sud. Reproduit et achevé d'imprimer sur Roto-Page en juillet 2003 par l'Imprimerie Floch à Mayenne, sur papier des Papeteries de La Gorge de Domène pour le compte des éditions Actes Sud Le Méjan Place Nina-Berberova 13200 Arles.
Dépôt légal 1re édition : avril 2003.
N° impr. : 57743.
(Imprimé en France)